हिन्द पॉकेट बुक्स

थोड़ा-थोड़ा प्यार. . .

कुछ-कुछ चॉकलेट जैसा. . .

12 फ़रवरी 1993 को चण्डीगढ़ में जन्मे सुमरित शाही प्रसिद्ध भारतीय उपन्यासकार, पटकथा लेखक और प्रेरक वक्ता हैं। उन्होंने युवाओं पर आधारित सात टेलीविजन शो लिखे हैं। सर्वश्रेष्ठ कहानी लेखक पुरस्कार विजेता सुमरित शाही सामाजिक कार्यों में भी रूचि रखते हैं और समाज सेवा के क्षेत्र में भी अग्रणी हैं।

थोड़ा-थोड़ा प्यार. . .

कुछ-कुछ चॉकलेट जैसा. . .

सुमरित शाही

हिन्द पॉकेट बुक्स

यूएसए। कनाडा। यूके। आयरलैंड। ऑस्ट्रेलिया। सिंगापुर
न्यू ज़ीलैंड। भारत। दक्षिण अफ्रीका। चीन

हिन्द पॉकेट बुक्स, पेंगुइन रैंडम हाउस ग्रुप ऑफ़ कम्पनीज़ का हिस्सा है,
जिसका पता global.penguinrandomhouse.com पर मिलेगा

पेंगुइन रैंडम हाउस इंडिया प्रा. लि.,
चौथी मंजिल, कैपिटल टावर -1, एम जी रोड,
गुड़गांव 122 002, हरियाणा, भारत

पेंगुइन
रैंडम हाउस
इंडिया

प्रथम हिन्दी संस्करण हिन्द पॉकेट बुक्स द्वारा 2012 में प्रकाशित
यह हिन्दी संस्करण हिन्द पॉकेट बुक्स में पेंगुइन रैंडम हाउस द्वारा 2022 में प्रकाशित

10 9 8 7 6 5 4 3 2

ISBN 9789353493448

मुद्रकः रेप्रो इंडिया लिमिटेड

www.penguin.co.in

"तू ही निरंकार
मैं तेरी शरण हां
मैंनू बख्श लयो।"

समर्पण

मैं हिज़ होलीनेस हरदेव सिंह जी महाराज के प्रति आभार प्रकट करता हूं, जो मेरे अस्तित्व का कारण हैं। इस अंधकारमय जगत में प्रकाशपुंज हैं।

आनंदी गुलाटी को समर्पित

"अगर तुम अकेले हो, तो मैं तुम्हारा साया बन जाऊंगा, अगर रोना चाहो, तो कांधे का सहारा दूंगा। अगर गलबांही देना चाहो, तो तुम्हारा तकिया बन जाऊंगा। अगर तुम्हें खुश होना हो, तो तुम्हारी मुस्कान बन जाऊंगा, पर जब भी तुम्हें किसी दोस्त की ज़रूरत होगी, तो बस, मैं अपनी तरह से साथ दूंगा।" बस ऐसी ही थी वह!!! एक ऐसी पक्की दोस्त, जिसे कोई भी पाने की इच्छा रख सकता है। आज वह आसमान में एक सितारा बन चुकी है, हो सकता है कि मैं उसे नहीं देख सकता, पर वह मेरे साथ है। हमेशा मेरे साथ।

आभार

जस्ट फ़्रेंड्स के आते ही बहुत कुछ बदल गया। यह सारा बदलाव बेहतरी के लिए ही था। मैं पहले से कहीं ज़्यादा दौलतमंद हो गया। मेरा फेसबुक काफ़ी उलझ गया। लव और चॉकलेट भी हुए और मैंने वह किताब लिखने का फैसला ले लिया, जो इस समय आपके हाथ में है। निश्चित रूप से यह मेरे अकेले का प्रयास नहीं रहा। बहुत से लोगों ने जाने-अनजाने इसकी रचना में मुझे मदद दी।

मॉम : मिसेज़ स्माइली शाही, अगर मैं सांस लेता हूं, तो वह आपके लिए है। अगर रोता हूं, तो वह आपके लिए है। अगर संघर्ष करता हूं, तो वह आपके लिए है। अगर दुआ करता हूं, तो वह आपके लिए है। और एक दिन अगर मैं गिरा और इस धरती को अलविदा कहा तो, वह भी आपके लिए ही होगा।

डैड : मि. सुखजीत शाही, मुझे मेरे फैसले अपने-आप लेने और उन्हें एक मुस्कान और ढेर सारे पैसे के साथ सहयोग देने के लिए!

मि. अज़ीम : एक प्रकाशक के बजाय मैंटर के रूप में सामने आने के लिए। आपके कड़े परिश्रम और विज़न ने मुझे हमेशा प्रेरित किया।

संपादन के लिए सुश्री मंजु गुप्ता, अंतिम प्रारूप देखने के लिए अंकित उत्तम और पिक्चर परफ़ेक्ट पेज सैटिंग के लिए काशिफ़ का आभार!

सात्विक : मुझे यह बताने के लिए कि 'ए लॉट लाइक लव...ए लिटिल लाइक चॉकलेट' के सही मायने क्या होते हैं।

चंडीगढ़ व पुणे (गोसला!!!!!) में मेरे परिवार व सभी दोस्तों के लिए, जिन्होंने मुझे कई मज़ेदार मोड़ और हालात सुझाए, जिन्हें शायद मैं अकेले इस किताब में शामिल न कर पाता।

और अंत में...आप...मुझे और भी पैसे वाला बनाने के लिए।

हैप्पी रीडिंग। बिस्तर पर। बिस्तर के नीचे। टॉयलेट में। पॉट पर। टेबल पर। ओ. के... अब स्टॉप करता हूं।

1

"और इस तरह यह सब शुरू हुआ...
या हुम्म... शायद ख़त्म हुआ!"

27 मई, 2010

"तो...पक्का है कि तुम इसे करना चाहती हो?"

"ह...ां (इस बार पक्का) हां!"

"घबराहट हो रही है?"

"थोड़ी-सी।"

"हम इसे बाद में कर सकते थे... मेरा मतलब है... जब तुम इसके लिए थोड़ा आरामदेह महसूस कर पातीं।"

"नहीं... ये तो होना ही था न! तो क्यों न अभी इसे झट से निबटा ही लें।"

"हम इसे मेरे यहां भी कर सकते हैं... वहां आसानी होगी... सुबह के सात ही तो बजे हैं... कोई जान भी नहीं पाएगा...।"

"शादाब इन हालात में प्रिंसेज़ की तरह पेश आना बंद कर। कार अपने-आप में बड़ी आरामदेह है!"

उनके जिम के पार्किंग लॉट में खड़ी; काले टिंटिड ग्लास और फोल्डिड बैक सीट्स वाली, ए.सी. काली फोर्ड एंडीवर कार में टेंशन बढ़ती ही जा रही है।

वह एक गहरी सांस लेते हुए हाथ को अपने शॉर्ट्स तक ले जाता है।

वह आने वाले उन पलों की उम्मीद में आंखें बंद कर लेती है।

"क्या तुमने खोला?" वह धीरे से फुसफुसाई।

लड़के की उंगलियां उसके मोबाइल के जीपीआरएस से भी तेज़ काम करती हैं और आख़िरकार उसने लोड कर ही दिया।

www.cbse.nic.in

शादाब और अर्निका।

दोनों की ही उम्र अठारह।

प्यार में हैं। हां, काफ़ी हद तक!

वे अपनी ज़िंदगी के सबसे ख़ास कामों में से एक कर रहे हैं।

जी हां, बोर्ड रिज़ल्ट!! पिछली शाम तक तो रिज़ल्ट आने के कोई आसार नहीं थे, पर अचानक ही सीबीएसई ने तय कर लिया कि वह इसे जल्दी निकाल देगी और बारहवीं कक्षा के नतीजों से जुड़ी लाखों ज़िंदगियों को उलट-पुलट कर रख देगी।

छह फ़ीट का हलका-सा लजीला शादाब, अपनी लंबाई पर कुछ ज़्यादा ही घमंड रखने वाला, एक गठा हुआ एथलीट फिगर और सुडौल जिस्म!! काले घने बाल; बेशक सिर पर, वह उस समय आयरन को पंप कर रहा था और पतली छरहरी पांच फीट छह इंच लंबी अर्निका, एंगुलर नाक-नक्श, सीधी खड़ी पोनीटेल, शरीर कुछ मंजूरशुदा जगहों से छिदा हुआ, ढेर सा दिखावटीपन और व्यावहारिक ज्ञान के साथ कार्डियो करने में व्यस्त थी, जब अचानक उसके सैल पर बीप की आवाज़ सुनाई दी। दो मिनट बाद पूरे जिम ने अचानक ऐसी चीख सुनी, जो अक्सर प्रसव पीड़ा सह रही औरतों के मुंह से निकलती है।

वे घबराहट, डर और दबाव के मारे उसकी कार की तरफ़ दौड़े आए।

बस, यही बात थी!

यही उनका भविष्य।

उनका कैरियर

वे दोनों!

यह किसी आम दिन की तरह शुरू हुआ था।

सुबह के 5.40 बजे
अर्निका का अलार्म उसके कान में वाइब्रेट करने लगा।

सुबह के 5.42 बजे
जब उसे एहसास हुआ कि यह वाइब्रेशन तो सचमुच हो रहा है तो उसने आंखें खोलीं।

सुबह के 5.43 बजे
उसने स्पीड डायल पर 2 दबाया। स्क्रीन पर नाम चमका शादाब। स्पीड डायल 1 मॉम के लिए है। प्राथमिकताएं!!

सुबह के 5.47 बजे
वह आख़िरकर सातवीं बार में जवाब देता है।

सुबह के 5.50 बजे
उसने उस पर चिल्लाना बंद किया कि उसने पहली चार कॉल क्यों नहीं लीं।

सुबह के 5.52 बजे
वह बिस्तर से उठ कर कपड़े खोजने लगा।

सुबह के 5.53 बजे
वह उसे देर रात तक पॉर्न देखने और कपड़ों के बिना सोने के लिए कोसती है।

सुबह के 5.54 बजे
वह इंकार करता है, पर अब भी अपने शार्ट्स खोज रहा है।

सुबह के 5.55 बजे
वह उसे कहती है कि अपनी चादर में देखे।

सुबह के 5.56 बजे
जब वे वहां मिल जाते हैं, तो दोनों ही खीसें निपोर देते हैं।

सुबह के 5.58 बजे
वह वॉशरूम जाता है, फ़ोन कान से चिपका है, टूथब्रश के ऊपर और नीचे कुछ स्ट्रोक और फिर एक कुल्ला। डिओ का स्प्रे और थोड़ा-सा आफ्टरशेव, "हां मैं तैयार हूं।" वह ऐलान करता है।

सुबह के 5.59 बजे
"अरे...मैं थोड़ी लिस्ट्रीन और गम ले लूं...।" वह फ़ोन काट देती है।

सुबह के 6.04 बजे
चंडीगढ़ की ख़ाली सड़कों का पूरा फ़ायदा उठाते हुए तेज़ स्पीड से एसयूवी चलाता है। भले ही तकनीकी रूप से अंडरएज है, पर उसके दौलतमंद, प्यारे और उतने ही ज़िम्मेदार मां-बाप यह जानते हैं कि वह कार की ऐसी-तैसी नहीं करेगा, ऐसा नहीं कि वह कुछ ज़्यादा ही समझदार है, बल्कि वह मोटर की मशीन को उस इंसान से भी ज़्यादा प्यार करता है, जिसने इसके लिए पैसे भरे हैं या उस मां से भी ज़्यादा चाहता है, जिसने पति को बहला कर बेटे को कार चलाने की इजाज़त दिलवाई है।

क़रीब पांच किलोमीटर, तीन सिग्नल पार किए, कार काफ़ी तेज़ चलाई और दो ग़लत मोड़ लेने के बाद वह उसके घर पहुंचा।

एक बार हॉर्न दिया। दूसरी बार हॉर्न दिया। फिर से हॉर्न दिया।

वह जानती है कि वह आ गया है, पर वह बाहर नहीं आएगी, जैसे सुबह की इस ठंड में कोई बदला ले रही है।

वह फिर से हॉर्न देता है

वह मेन गेट खोलते हुए कनखियों से यह भी देख लेती है कि रोज़

की तरह उनका बूढ़ा पड़ोसी अपने योगा सत्र में खलल पड़ता देख, शादाब को लताड़ने आया या नहीं।

सुबह के 6.09 बजे

जब उसने देखा कि पड़ोसी ने रोज़ की ख़ुराक के लायक कोस लिया है, तो मेन डोर खोल कर कार की तरफ़ लपकी। उसने जिम-शार्ट और टी-शर्ट पहने हैं और सॉरी का बड़ा अच्छा दिखावा कर लेती है।

वह भी जानता है कि वह बहाना बना रही है। पिछले पांच मिनट में उसने बूढ़े पड़ोसी से जो मग़ज़मारी की है, उससे अर्नि की आंखों में चमक आ गई है।

सुबह के 6.15 बजे

वे दोनों ही जिम की पार्किंग में पहुंचते हैं, जो तकरीबन ख़ाली है।

सुबह के 6.16 बजे

यह टांसिल टैनिस का वक़्त है...पर लिस्ट्रीन के ग़रारों से पहले नहीं!!

उस रात... वह जश्न की रात... सेरीब्रल फ़ैसले और शैंपेन... ढेरों ढेर!!!

पॉप! पॉप! पॉप! पॉप! पॉप! पांच शैंपेंस एक ही क़तार में खोली गईं और चारों तरफ़ जैसे शराब की बारिश हो गई।

हर कोई शराब और पसीने में डूबा है। रात के दस बजे हैं और पिछले दो घंटे से पार्टी चल रही है।

चुनी हुई प्लेलिस्ट और पॉवरफुल बोस डॉक स्पीकर्स पर काफ़ी जम कर नाच चल रहा है, कई तरह के गाने बजाए जा रहे हैं। कुछ लड़कों के लिए हैं, ताकि वे अपने डांस का हुनर दिखा सकें। कुछ लड़कियों के लिए हैं, ताकि उन मांसपेशियों की लोच बढ़ा सकें और कुछ जोड़ों के लिए हैं, ताकि वे धीमे-धीमे थिरक सकें, हालांकि उनके ताल आपस में पूरी तरह से मिले होते हैं।

तकरीबन लड़कियां ख़ुद को कोस रही हैं कि वे उन्होंने दम घोंटने वाले टॉप क्यों पहने और इतनी शार्ट ड्रेसेज़ क्यों पहनीं कि स्कैंडल बन रहे हैं। वे छिड़की गई शराब से और भी स्वादिष्ट हो गई हैं।

शहर की जानी-मानी संस्था जे.डब्ल्यू.एस. हाई स्कूल के बारहवीं कक्षा के तकरीबन पचास-साठ छात्र शादाब के फार्महाउस पार्टी की दावत में आए हुए हैं, जो कि शहर के बाहरी छोर पर है। एक बड़े से स्विमिंगपूल, बूढ़े और अकेले केयर टेकर्स, काफ़ी खुली जगह और पूरी तरह से प्राइवेट प्राइवेसी के साथ बिल्कुल टिपीकल जगह है।

बाहर कारों की क़तारें इतनी ग्लैमरस लग रही हैं, मानो कोई छोटा-मोटा ऑटो शो लगा हो। उकताए हुए ड्राइवरों के गुट बिगड़े अमीरज़ादों के बारे में बक कर मन हलका कर रहे हैं।

अंदर कोई भी गिलास आने का इंतज़ार नहीं करना चाहता, इसलिए पांचों बोतलें ही यहां-वहां घूम रही हैं और हर कोई भीड़-सी लगाए खड़ा है। कुछ संगीत पर डोल रहे हैं, कुछ ठंडे स्नैक्स और नशे के असर में झूम रहे हैं, कुछ बैठे हैं, कुछ कोनों में खड़े शीशे से रोमांस लड़ा रहे हैं और कुछ बस खड़े हो कर दांत निपोर रहे हैं। दरअसल हुआ यूं कि जाने कहां से एक कॉर्क उछलता हुआ आया और एक जोड़ी पहाड़ियों के बीच आ गिरा। लैंडिंग तो सेफ़ थी, पर थोड़ी दर्दनाक रही।

"आउच!" रिया चीखी, उसने अपने ट्यूब टॉप में से उस कॉर्क को निकालना चाहा, पर कोशिश नाकाम रही तो उसने उससे छुटकारा पाना बेहतर समझा। लड़कों के लिए बेब और लड़कियों के लिए बिच, रिया एक ऐसी स्नॉब है, जो लड़कों के हाथों और दिलों को तकलीफ़ पहुंचाने की एक वजह है, उस पर तो कोई भी स्कूल गर्व कर सकता है।

शादाब के साथ उसके छोटे, पर भयंकर अफ़ेयर की बात तो पुरानी हो गई है, यह सब अर्निका के स्कूल में आने से पहले की बात है। वैसे भी क़ुदरती कारणों से लड़कियां चिपकू नहीं होतीं!!

उसे 76 परसेंट नंबर मिले हैं। वे इतने तो हैं ही कि डैडी अपनी नन्ही शहज़ादी को किसी फेयरीटेल जैसे फैशन डिजाइनिंग कोर्स के लिए लंदन भेज सकें।

“सॉरी!” भलेमानस रीतेश ने आकर उसे कनखियों से देखा और माफ़ी मांगी।

वह पॉपिंग में अच्छा नहीं है...ख़ासतौर पर शैंपेन में...

उसने कॉमर्स में 89 परसेंट नंबर लिए हैं, जो कि किसी प्राइवेट कॉलेज से बी.बी.ए. करने के लिए काफ़ी हैं; अलीशा के भी तकरीबन इतने ही नंबर हैं।

शादाब और रीतेश तब से पक्के दोस्त हैं; जब वे टिफिन बॉक्स बदलने का धंधा करते थे, फिर कंप्यूटर और प्लेस्टेशन की बारी आई, जो धीरे-धीरे सीटी, पोर्नो और प्लेब्वॉय मैगज़ीनों तक पहुंच गई।

“बिच की बातों पर ध्यान मत दो।” रिया ने रीतेश को डपट दिया, तो अलीशा ने तेज़ी से बजते संगीत के बीच रीतेश के कान में फुसफुसा कर कहा।

अलीशा; चुनी हुई; अलीशा, कम-से-कम स्कैंडलों से जुड़ी हुई; अलीशा, एसआरसीसी की कैंडीडेट; अलीशा, रीतेश की गर्लफ्रेंड; अलीशा, शादाब को सुबह चार बजे भी सलाहें देने वाली दोस्त; सीधी बात कहने वाली, सादी और छरहरी, हमेशा सामने वाले का मन पढ़ कर सही सलाह देने वाली, उसी के कारण आज तक अर्निका और शादाब की लड़ाई एक हफ्ते से ज़्यादा नहीं चली, वह भी एक बार इसलिए हो गया था कि वह देश से बाहर थी और उस समय स्काईप का भी कोई ऑप्शन नहीं था।

वासु, सुधीर और बानी – इनसे मिलकर यह ग्रुप पूरा होता है।

दोस्त...

ये सब एक साथ मिलकर क्लासें बंक करने, वाटर कूलर पर पानी के लिए लड़ने, प्रिंसीपल के ऑफ़िस में लुकाछिपी खेलने, ‘टीयर द पॉकेट’ खेलने और हर रोज़ वर्चुली हैंगआउट करने के लिए बदनाम हैं।

अचानक किसी ने गाना बदल दिया – *यारो दोस्ती बड़ी ही हसीं है...*

बैकग्राउंड का गाना बदलते ही माहौल भी अचानक बदल गया। औपचारिक रूप से स्कूल ख़त्म हो गया है। हर कोई एक नए और अकेले रास्ते पर चलने के लिए तैयार है। एक ऐसी सड़क, जो कॉलेज, नए अवसरों और नई ज़िंदगी की ओर जाती है।

क़रीब दस मिनट बाद....

सात दोस्त अकेले कोने में बैठे हैं और सबके हाथ में ब्रीजर्स हैं। अर्निका का सिर शादाब के कंधे पर टिका है; बानी बड़े ही मज़ाक़िया तरीक़े से आकाश के तारों को ताक रही है; सुधीर थोड़ा हाई हो कर ज़रा सोच-विचार में खोया सीटी बजा रहा है; वासु बिना किसी कारण के अपने सैल से उलझ रहा है और अलीशा बड़े ही अजीब तरीक़े से लगातार बोलती जा रही है, यहां तक कि रीतेश ने भी कभी उसे ऐसे बोलते नहीं सुना।

"तो यही है, दोस्तो!!" शादाब ने अपनी बोतल से बड़ा-सा घूंट भरते हुए कहा।

"यही है?" मैं तो सोच रहा था कि काश हमारे पास कुछ और बोतलें होतीं। वासु ने भोलेपन से कहा और सबकी हंसी छूट गई।

"तुम्हारी गर्दन पर क्या है?" बानी ने अचानक शादाब से पूछा।

"क्या?" शादाब के कहते ही अचानक अर्निका भी सजग हो कर बैठ गई।

"कॉलर ऊंचे करने की ट्रिक दिखा रहे हो मास्टर...अर्नि...वैसे तुम दोनों तैयारी के लिए फ़ार्म पर कब आए थे?" उसने पूछा और सभी मुस्कुराने लगे।

"हम...ख़ैर...तुम जानती हो..." अर्नि ने शादाब को देखा।

वह जान गया "...ओह छोड़ो भी! यह तो हमारे एक साथ होने का सिंबल होता है..."

"एक साथ...और इतने एग्रेसिव।" रीतेश ने चुटकी ली।

वे सब हंस दिए।

एग्रेशन! सच

पैशन! सच

प्रेक्टिकलिटी! सच

जब से बोर्ड के पेपर शुरू हुए थे, अर्नि ने 'नो टच और नॉट मच क्लोज़' वाली शर्त लगा रखी थी। अब वह समझौता ख़त्म हो गया था।

"तुम दोनों एक साथ कितने क्यूट लगते हो... एक दूसरे के बिना कैसे जीओगे?" अलीशा ने हंसी रोकते हुए दूसरे जोड़े को देख कर कहा।

अचानक चुप्पी छा गई।

वे दोनों चुप थे – लड़का पूरी संतुष्टि से उसके बाल सहला रहा है और लड़की थोड़ी चिंतित, पर पूरी तरह से पक्के निश्चय के साथ लड़के की बाहों में ख़ुद को सुरक्षित पा रही है।

जोड़ा – शादाब और अर्निका।

बेचलर्स ऑफ़ थियेटर आर्ट्स, हंसराज कॉलेज, दिल्ली यूनीवर्सिटी और नेशनल स्कूल ऑफ़ ड्रामा।

शादाब ने आर्ट्स में 85 परसेंट लिए हैं और थियेटर पर जान देता है, स्कूल के थियेटर और डिबेटिंग क्लब का प्रेज़ीडेंट है, इसलिए अपने ड्रीम कॉलेज में दाख़िला मिलने की पूरी गारंटी है। यह सपना उसने तब से देखा है, जब अर्नि भी उसके जीवन में नहीं आई थी।

प्रेज़ीडेंट जॉर्ज इंस्टीट्यूट फॉर इंटरनेशनल लॉ एंड पब्लिक रिलेशंस, न्यूयार्क

अर्निका ने आर्ट्स में 95 परसेंट लिए हैं, बड़ा ज़बरदस्त एसएटी स्कोर है। डिबेटिंग और इंटरनेशनल रिलेशन एंड लॉ में रुचि ने उसे उसका सपना पूरा करने में मदद की है। यह सपना तो उसके दिल में तब से समाया है, जब शादाब ने उसके दिल पर क़ब्ज़ा नहीं किया था।

"हम इसे चला कर दिखाएंगे।" उसने मुलायम स्वर में कहा!

"हां, ऐसा ही होगा।" शादाब बोला!

दो अलग-अलग देश

दो दिल

दो अलग टाइम ज़ोन

भरोसा

ट्रायल

प्लेलिस्ट पर अगला गाना बजने लगा – यह दूरियां...

तो...प्यार...ईह???

प्यार। एक अनूठा एहसास। यह सुबह की ओस-सा ताज़ा है, नाजुक, पर फिर भी ख़ूबसूरत। यह एक आईपॉड की तरह है, जिस पर आपकी मनपसंद प्लेलिस्ट बार-बार प्यारे गाने बजाती है। यह पेंटर के पहले स्ट्रोक की तरह है – नाजुक, अनिश्चित पर गहरा!! यह भारतीय मानसून की अनिश्चित्ता है!! यह दिसंबर की कड़कड़ाती सर्द रात में बर्फ का गोला खाने जैसा है। यह स्टॉक मार्केट की तरह है, यानी कोई अंदाज़ा नहीं लगाया जा सकता।

ये आपके एलआईसी के जीवन बीमा की तरह ही डिपेंडेबल है। यह डीप फ्राई जलेबी की तरह मीठा और टेढ़ा है। यह दिल्ली के ट्रैफिक से भी कहीं ज़्यादा शोर-शराबे से भरा और रात के समय दिखने वाले समुद्र-सा शांत है। यह आपके बोर्ड पेपरों से ज़्यादा मांग रखने वाला हो सकता है और एआईईईई व कैट से कहीं ज़्यादा चुनौतीपूर्ण भी!!! यह किसी टीनएजर के बेडरूम से भी ज़्यादा गंदा हो सकता है। यह पहले पीरियड से भी ज़्यादा दर्दनाक हो सकता है। यह मोतियों से भी सफेद है, सैलून से बाल सैट करवा कर लौट रही लड़की की लटों से भी ज़्यादा मुड़ा हुआ है। यह ब्लीज़ से भी ज़्यादा ग्लो और चमक देता है। यह किसी अकेले बीच पर बैठे लड़के और लड़की से भी ज़्यादा नटखट है। इसकी लत कॉफी की लत से भी बुरी है, केएफसी से कहीं क्रिस्पी है, एलएसडी ट्रिप से भी कहीं भयंकर है। यह पहले किस की घबराहट है, पीरियड मिस होने की टैंशन है और पेरेंट्स को पता चल जाने का दबाव है।

काफ़ी हद तक प्यार जैसा, उनके साथ हुआ था...
जब वे एक साल पहले मिले थे...

2

"और इस तरह वे दोनों मिले.. हालांकि सब कुछ ठीक-ठाक नहीं था, पर फिर भी कह सकते हैं कि..."

4 मई 2009

सुबह आठ बज कर बीस मिनट

उसने पहले ही दिन स्कूल में देर से पहुंचने के बाद स्कूल की रिसेप्शनिस्ट के सामने अपना नाम फिर से दोहराया 'अर्निका सिन्हा'। हालांकि यह उसकी भूल नहीं थी; ड्राइविंग सीट पर बैठी मॉम और एक अनजाना शहर। महिलाएं और सड़कें, आप तो जानते ही हैं कि यह मेल कितना ज़बरदस्त होता है।

यह उसके लिए एक नई शुरुआत थी – एक ऐसी शुरुआत जिसने उसके गुड़गांव के प्रवास पर रोक लगा कर चंडीगढ़ भेज दिया था। एक ऐसी शुरुआत जिसने उसे अपने पुराने शहर, पुराने दोस्तों और ज़िंदगी के गुलिस्तां से उखाड़ कर रख दिया था। एक ऐसी शुरुआत, जहां अचानक उससे यह उम्मीद की जाने लगी कि वह एक नए स्कूल की बारहवीं क्लास में स्वयं को जमा ले, जहां पहले से सारे ग्रुप तक तय हो चुके थे।

जे.डब्ल्यू.एस. हाई स्कूल में दाख़िला लेना इतना मुश्किल काम नहीं था। उसकी मां एक जानी-मानी नेशनल थियेटर कलाकार और एक लेखिका थीं। उसका अपना शानदार शैक्षिक रिकॉर्ड, वाद-विवाद प्रतियोगिताओं की जीत

और सामुदायिक सेवा के सर्टिफिकेट दाख़िला दिलवाने में काम आए और वैसे भी भारत में सही जगह पर सही डोरियां खींचने से सब कुछ सही निशाने पर जा लगता है। दाख़िला लेना तो बाएं हाथ का खेल रहा।

जवां रिसेप्शनिस्ट ने हैरानी से पूछा, 'नया एडमीशन?'

उसने काफ़ी विनम्रता दर्शाते हुए कहा – 'जी मैम!'

वह स्कूल ऑफ़िस में लटकती बड़ी-सी घड़ी को देख कर सोचती है 'इस समय तो मुझे क्लास में होना चाहिए था।'

"ओ.के. तो...?" रिसेप्शनिस्ट ने पूछा और इस दौरान अपने मोबाइल से भी उलझती रही।

अर्निका के जी में आया कह दे, 'मुझे हार पहना, बिच कहीं की!' पर प्रत्यक्ष में बोली – "मुझे को-आर्डीनेटर ने आपको रिपोर्ट करने को कहा था।"

रिसेप्शनिस्ट हाल ही में हाथ आया मैसेज पढ़कर खिलखिलाई, शायद उसके ब्वायफ्रैंड ने भेजा था। उसकी हंसी ही बता रही थी।

'ऊंह प्यार!' अर्निका इस तरह भावों को प्रकट करने के नाम पर ही नाक-भौं सिकोड़ती है।

"एक्सक्यूज़ मी! मैम...क्या आप अपने ब्वायफ्रैंड से बाद में बात कर सकती हैं?"

वह ऐसी ही है। बहादुर। बोल्ड और बिंदास!!!

रिसेप्शनिस्ट सकते में आ गई। वह अभ्यस्त है कि ऐसे प्रश्नों के उत्तर तत्काल न दिए जाएं। तभी स्कूल के फ़ोन की घंटी बजती है और उसे कुछ कहने का मौका ही नहीं मिल पाता।

'जे डब्ल्यू एस हाई स्कूल' उसकी आवाज़ काफ़ी हद तक मशीनी थी।

"जी...गु...डमॉर्निंग प्रिंसीपल मैम... वह नई लड़की..." उसने अर्निका की ओर देख कर कहा "जी...यही है...ओ. के." वह रिसीवर वापिस रख देती है, "मैम तुम्हें अपने कमरे में बुला रही हैं।" उसने दाईं ओर दिख रहे दरवाज़े की ओर बेमन से संकेत कर दिया।

अर्निका दरवाज़े के पास जा कर खटखटाती है। वह हलकी-सी आवाज़ में 'भीतर आ जाओ' सुनने के बाद दरवाज़ा खोल देती है

"अर्निका! अंदर आ जाओ।" वह अपनी पिछली और इकलौती मीटिंग से ही प्रिंसीपल की आवाज़ पहचानने लगी है, "गुडमॉर्निंग... आओ बैठो...।"

"मार्निंग मैम," अर्निका चहकती है, कुर्सी पर बैठते हुए स्कर्ट संभालने के साथ-साथ पैरों की कैंची सी मार लेती है।

"अर्निका... जे.डब्ल्यू.एस. में तुम्हारा स्वागत है और तुम इस नई यूनीफॉर्म और फ़्लिक्स में कितनी सुंदर दिख रही हो...कितनी प्यारी!"

"थैंक यू मैम!" अर्निका मुस्कुराईं

"बच्चा! अगर कल से तुम अपने शर्ट के बटन बंद करके...बालों में पिन लगाओगी... कोई नेलपेंट न लगाते हुए, किसी भी तरह की ज्वैलरी नहीं डालोगी, तो यहां काफ़ी अच्छा वक़्त बिता सकोगी।" फिर उसने एक ज़हर बुझी मुस्कुराहट दी, "देखो अर्निका! हम स्कूल के नियमों के लिए कोई ढील नहीं बरत्ते...छवि...मूल्य...संस्कार और अनुशासन सरीखे गुण भी..."

"पर मैं..." अर्निका की बात बीच में ही काट दी गईं

"मुझे पता है कि आज...स्कूल में तुम्हारा पहला दिन है, पर मैं तो तुमसे यहां आठ बजे पहुंचने की उम्मीद कर रही थी...मैं तुम्हारी मां को पहले ही बता चुकी हूं कि समय की पाबंदी और अनुशासन के मामले में हमारे नियम बड़े की सख़्त हैं..."

सहसा...ज़ोर की आवाज़ के साथ एक भारी-भरकम डील-डौल वाले पुरुष ने अंदर क़दम रखा। अर्निका ने अंदाज़ा लगा लिया कि वह पी.ई. टीचर होगा, उसके साथ ही एक लड़का भी अंदर आ गया।

"मैम! यह लड़का स्क्वैश कोर्ट में सिगरेट पी रहा था और जब गार्ड ने इसे देखा...तो इसने उसे घूस दी और परे भेज दिया...मैं तभी अंदर गया और मुझे सिगरेट की गंध आई...यही वहां खड़ा था, बड़े मज़े से अपने एमपी 3 प्लेयर पर संगीत सुन रहा था।"

"सर! यह एमपी 3 नहीं एक आईपॉड है और वहां मैं सिगरेट नहीं पी रहा था...गार्ड वहां से दो मिनट पहले ही निकला था... आप उसकी जेबें देखें, उसमें से सिगरेट निकलेगी... देखिए यह इंडिया कितनी तरक़्क़ी कर गया है।" लड़का पूरे आत्मविश्वास से बुदबुदाया।

अर्निका के चेहरे पर छिपी हंसी खेल गई। उसने लड़के की ओर से मुंह फेर लिया।

तभी टीचर को लगा कि उस कमरे में प्रिंसीपल अकेली नहीं थी, वह झट से अपनी सफाइयां देने लगा, "मुझे लगा कि आप यहां अकेली थीं ...रिसेप्शनिस्ट ने भी मुझे नहीं रोका।"

प्रिंसीपल ने गहरी सांस ली और चश्मा ठीक कर स्वयं को संयत किया और मेज़ के पास खड़े लड़के की ओर हाथ से संकेत कर बोली, "पहले तुम बंक मारते पकड़े गए..." वह बिल्कुल भूल ही गई कि अर्निका भी वहां मौजूद थी, "फिर तुमने अपनी क्लास के एक लड़के पर फ़ायर एक्सटिंगविशर छोड़ दिया...फिर तुम होम साइंस लैब में खाने से जंग लड़ते मिले...तुम डिबेटिंग और थियेटर क्लब के प्रेज़ीडेंट हो ...तुम्हें पता है कि मैं तुम जैसे छात्र को खोने के बारे में सोच भी नहीं सकती...तो तुम मुझे बार-बार मजबूर क्यों कर देते हो कि मैं तुम्हारे बारे में अपनी राय बदल लूं?...क्यों?"

डिबेटिंग...। यह तो उसका क्षेत्र है। उसका भविष्य! उसका मनपसंद फ़ील्ड! उसने इस बार गर्दन घुमा कर लड़के का पूरी तरह से निरीक्षण किया। इस तरह के कनेक्शन काम आ सकते हैं।

"शादाब...मुझे जवाब दो!" प्रिंसीपल ने काफ़ी हद तक गिड़गिड़ाते हुए स्वर में कहा।

लड़का अब तक इटेलियन टाइलों से बने फ़र्श को घूर रहा था। अपना नाम सुनते ही उसने मुंह ऊपर उठाया।

जैसे ही उसकी नज़र वहां बैठी एक लड़की से टकराई, तो उसने कोई चूं-चपड़ किए बिना ही माफ़ी मांग ली, "आई...एम सॉरी।" उसने उसे पहले कभी नहीं देखा था; दरअसल उसने अपने टाइप की कोई लड़की ही पहले कभी नहीं देखी।

कुदरती तौर पर ख़ूबसूरत और नमक़ीन, यहां तक कि स्कूल की वर्दी में भी!

उसे अपने भीतर एक हलचल-सी महसूस होने लगी।

यार, यह तो हॉट है! वे दोनों ही यह बात जानते हैं। अर्निका ने

एक हलकी-सी मुस्कान दी। इतनी हलकी कि बस उसकी ही पकड़ में आ सके।

वह क्यूट है, पर इतना भी ज़ालिम नहीं लगता। ऐसा भी नहीं कि वह उसकी बिल्कुल परवाह नहीं करती। भई, डिबेटिंग प्रेज़ीडेंट है। यही तो ज़्यादा मायने रखता है। वह जानती है कि अगर वह हाथी और बंदर की औलाद भी होता, तो भी वह उसे देख कर यूं ही छिपी मुस्कान देती।

अगर आपको उसकी मुस्कान मिल गई, तो बस, समझो जान से गए, क्योंकि वह बड़े ही क़ातिलाना तरीक़े से मुस्कुराती है और उसे अपनी इस अदा से ख़ासा लगाव भी है।

"इस बार केवल सॉरी कह देने से बात नहीं बनेगी... मैं कल दोपहर तुम्हारे पिता से मिलना चाहूंगी।" प्रिंसीपल अपनी ही राम-कहानी कहती रही।

"ओ.के.।" उसने बड़ी ही लापरवाही से कहा। शायद इस तरह का बिंदासपन उसके स्वभाव में ही है।

"तो... ठीक है, मि. पांडे! अब आप जा सकते हैं।" प्रिंसीपल ने टीचर को जाने का संकेत दिया। वह फिर से कुछ कहने ही वाली थी कि बीच में मोबाइल की घंटी ने टांग अड़ा दी।

"ओह! यह फ़ोन तो सुनना ही होगा।" उसने धीमे सुर में कहा और फ़ोन उठा लिया।

इस दौरान....

शादाब काफ़ी कोशिश कर रहा है कि उसकी ओर न निहारे।

वह भी इसी कोशिश में है।

वह इसे जानता है। लड़के अक्सर ऐसा ही करते हैं।

"जी, मि. शर्मा, क्या आप एक मिनट के लिए होल्ड करेंगे?" प्रिंसीपल ने अपने मोटे और पसीने भरे हाथ से मोबाइल को ढकते हुए कहा, "ओ.के., अब अपनी क्लास में जाओ...फटाफट... और हां... अर्निका... यह तुम्हारी मदद कर देगा... शादाब अपनी नई क्लासमेट से मिलो" इसके बाद फिर से बातचीत होने लगी।

"हाय!" शादाब मुस्कुराया

"हे!" उसने भी जवाब दिया।

और फिर मानवजाति के इतिहास में पहली बार...एक स्कूल की प्रिंसीपल ने एक लव-स्टोरी की भूमिका रच दी।

और यह यहीं ख़त्म नहीं हुआ... क्लास तक जाने से पहले ए वॉक टू रिमेंबर का भी तो हाथ रहा..., समझे!

"तो पहला दिन!... डर लग रहा है?"

जब वह उसे क्लास की ओर ले जाने लगा, तो अर्निका को एहसास हुआ कि उसकी भारी आवाज़ में वाक़ई काफ़ी गहरा नशा था, जो उसे मदहोश कर देने के लिए काफ़ी था।

"दूसरों के लिए... थोड़ा-सा।"

"हॉट और समझदार भी! वाह, क्या रॉयल कॉम्बो है।" शादाब ने मन-ही-मन सोचा और बेशक वे दोनों अपने बीच इतना फ़ासला रख कर चल रहे थे कि अर्निका उसके सुडौल नितंबों का जायज़ा ले सके, जिन्हें जिम में कड़ी मेहनत से उभारा गया था।

उसने आज अपने ब्रीफ़ भी पहन रखे थे, जिनसे शरीर का निचला हिस्सा कुछ ज़्यादा ही सुडौल दिखता है।

उसने बड़ी ही कृपा दिखाते हुए 'उसे' देखा, जैसे कि कोई भी लड़की देखती। एक छिपी वासना-भरी तुरंत निगाह!

फिर उसने उन कक्षाओं के बच्चों पर नज़रें गड़ा दीं, जिनके सामने से वे निकल रहे थे।

लंबे बाल, लो-वेस्ट, मुड़ी हुई बाज़ुएं – लड़कों के लिए; खुले बटनों वाली कमीज़ें, मुड़ी हुई स्कर्टें, बेपरवाही दिखाता जतन से बना हेयरस्टाइल – लड़कियों के लिए। वाटर कूलर पर जमा ग्रुप – बोतलों में पानी भरते लड़के और खिलखिलाती लड़कियां।

उसके मन को कुछ चैन आया। प्रिंसीपल ने तो हौव्वा ही बना दिया था। लगता है कि स्कूल क़ायदे-कानून तोड़ने में नंबर वन है।

"तो तुम कहां से हो?" उसने कुछ चुप्पी-भरे पलों के बाद सबसे आसान

सवाल पूछा, ताकि बातचीत का सिरा जुड़ा रहे। बारहवीं क्लास का आर्टस सेक्शन स्कूल के ठीक दाएं कोने में है। यह दूरी काफ़ी काम आई।

"गुड़गांव।" उसने फिर से अपनी स्कर्ट ठीक करते हुए कहा।

"बहुत अच्छे... एमबियंस मॉल के ब्ल्यू ओ से बेहतर और क्या होगा?" उसने कहा।

"हां डूड! तुम वहां हो आए हो। हर टूरिस्ट जाता है।" उसने मन-ही-मन कहा।

"अगर तुम बुरा न मानो, तो हम पहले लाइब्रेरी हो लें... मुझे एक किताब की सख़्त ज़रूरत है?" उसने कुछ क़दम चलने के बाद एक सवाल किया।

"हां, ओ.के.।" उसने एक बार फिर उसे पीछे से देखा और वह मान गई।

खिलाड़ियों जैसी गठन, शरीर पर फंसी स्कूल पैंट, सुडौल नितंब, बालों के स्पाइक...यह लड़का लाइब्रेरी जाने वाले लड़कों में से तो नहीं लगता... 'कहीं मुझे लपेटे में लेने की चाल तो नहीं,' उसने मन-ही-मन सोचा।

वह बाईं ओर मुड़ कर कुछ सीढ़ियां चढ़ा और वह उसके पीछे चल दी, "डैम...ये तो बंद पड़ी है।" वह हाथ में ताला ले कर बोला। वे उस समय सीनियर लाइब्रेरी के बाहर थे। वह भुनभुनाता रहा, "लाइब्रेरियन भी अजीब मूर्ख है।"

"पर यहां की रिसेप्शनिस्ट से ज़्यादा नहीं।" उसने अपने सुर में थोड़ी अदा घोली।

देखते-ही-देखते उसके गाल तिरछी मुस्कान की मुद्रा में आ गए, "हां ...कह सकते हैं कि वह अपने सैलफ़ोन को पूरी तरह से समर्पित है।" उसने निष्कर्ष निकाला

"ओह हां!" अबकी बार जवाब देने की बारी उसकी थी। जब वे दूसरे रास्ते से नीचे जाने लगे, तो उसने पूछा, "वैसे तुम कौन-सी किताब लेने जा रहे थे?"

"मैं इसे एक अरसे से खोज रहा था और लाइब्रेरियन ने मुझे आज

इसे देने का वायदा किया था... इसका संस्करण सीमित है... काफ़ी मुश्किल से मिलता है।"

"कौन-सा?"

उसने उसकी रुचि जगा दी है। वह जानता है। वह भी जानती है।

"द थियेटरिकल लाइज़ बाई...।"

"निशी सिन्हा।" उसने उसका वाक्य पूरा कर दिया।

"वाउ!... क्या तुम भी थियेटर में रुचि रखती हो?"

"कुछ ज़्यादा नहीं...पर कह सकते हो कि मैं इसे पूरी ज़िंदगी जीती आई हूं।"

"मैं समझा नहीं।"

"कुछ नहीं... मेरे पास घर पर इसकी कॉपी है। मैं तुम्हारे लिए ला सकती हूं...वह भी लेखिका के हस्ताक्षरों के साथ।"

"मज़ाक कर रही हो? निशी सिन्हा के साइन...डुड, मैं उस औरत की पूजा करता हूं... वह तो इस फ़ील्ड में बड़ी...।"

"हां, कभी-कभी संभालनी मुश्किल हो जाती है।" वह धीरे से बुदबुदाई।

"तुमने कुछ कहा?"

"नहीं... कुछ नहीं..., पर शाबाद....।"

"मेरा नाम शादाब है।"

"हां...वही एक ही बात है।"

"नहीं! एक ही बात नहीं।"

"ठीक है... शादाब।" उसने शब्दों पर ज़ोर दिया।

उसे यह अदा बड़ी सेक्सी लगी। उसकी स्विमसूट फ़िगर भी ग़ज़ब ढा रही थी।

"वहां... ऑफ़िस में सुना था कि तुम डिबेटिंग सोसायटी के प्रेज़ीडेंट हो?" उसने अपनी बात को प्रश्नसूचक लहज़े में ख़त्म किया।

"यार! ऐसा नहीं लगता कि तुम मुझ पर कोई इल्ज़ाम लगा रही हो... मैं बस नियमों से एलर्जिक हूं...कोई विद्रोही नहीं हूं।"

वे दोनों हंस दिए।

वे दोनों सही मायने में अब चल नहीं रहे, वे कॉरीडोर में अपने कंधों पर ढीले बैग लटकाए चहलक़दमी कर रहे हैं।

"मेरा यह मतलब नहीं था... मैं जानना चाहती थी कि इस सोसायटी में आने के लिए ऑडिशन देना होगा या कोई भी इसमें शामिल हो सकता है... क्योंकि मैं भी पब्लिक स्पीकिंग में रुचि रखती हूं।"

"ऑडिशंस? पर वे तो पिछले महीने ही हो गए। तुम देर से आई हो... बारहवीं क्लास में... कोई ख़ास वजह है क्या?" वह जान गया था कि मछली जाल में फंस चुकी थी।

"हां... मेरी नानी बिल्कुल अकेली हैं...मैं मॉम के बिना नहीं जी सकती... वही ओल्ड नेस्ट सिंड्रोम... और कोई चारा ही नहीं था... हमें यहां आना ही पड़ा।"

"ओह, ओ.के.!"

स्कूल की घंटी बजी। उसने अपनी घड़ी देखी, वह राडो थी। हालांकि वह उस टाइप की नहीं थी, जो उस तरफ़ ध्यान देती, वह जानता है। उसने ख़ुद भी तो ओमेगा पहनी हुई है।

"मेरे ख्याल से क्लास की ओर चलें... पॉलिटीकल सांइस की टीचर को देर से आने वालों से ख़ास ही एलर्जी है।"

"हां... पर तुम्हारा क्या होगा? थोड़ा मिंट और ले लो। सिग...की गंध कुछ ज़्यादा ही तेज़ है...मार्बलो लाइट...बशर्ते तुम इसे संभाल सको।" वह मुस्कुराई।

उसके मुंह से तो बोल ही नहीं फूटे। लड़की तो सब जानती है। भई, क्या कहने!

"डुड!...डिबेटिंग सोसायटी में तुम्हारा स्वागत है... मुझे लगता है कि तुम्हें हमारे बीच आ कर बहुत अच्छा लगेगा।"

"हां... उम्मीद करती हूं कि तुम मेरी परख को ग़लत साबित नहीं करोगे।"

वह मुस्कुराया, वह भी मुस्कुराई, उलझन सुलझ गई।

3

और वे दोनों अपनी पहली कॉफी के लिए गए... स्कूल की यूनीफॉर्म में... स्कूल की कार इस्तेमाल करते हुए।

5 जुलाई 2009

'और ग्यारहवें विवेकानंद एनुअल डिबेट के लिए बेस्ट टीम रही, शादाब परवेज़ और अर्निका सिन्हा, जे.डब्ल्यू.एस. हाई स्कूल, चंडीगढ़'।

मेज़बान स्कूल के ऑडी हॉल में तालियों की गड़गड़ाहट गूंज उठी; वे लोग वहां डिबेट में हिस्सा लेने आए थे।

येस!!!! अर्निका और शादाब ने अपनी टीम ट्रॉफी और सर्टिफ़िकेट लेने के लिए मंच पर जाते समय हाई-फ़ाइव किया।

उनकी टीम। सब कुछ प्लूरल है। यहां अभी सिंगुलर कुछ नहीं। वे सब!

'ये तो होना ही था।' शादाब के दिमाग़ में कुछ बातें घूमने लगीं। अर्निका ने तो अपनी भाषा के असाधारण अधिकार और आत्मविश्वास से पूरे हॉल पर जादू-सा कर दिया था। वह तो मुकाबले में एक आम बच्चा है, जो सिर्फ़ सहयोग दे सकता है। उसमें कुछ भी असाधारण नहीं है।

ऊबे हुए, पुराने चीफ गेस्ट, एक लोकल एम.पी., जिन्हें मजबूरन सारा प्रोग्राम देखना पड़ा। उन्होंने ट्रॉफियां और सर्टिफिकेट दिए। स्थानीय समाचार-पत्र के फ़ोटोग्राफर ने इशारा किया कि वे एक फोटो के लिए

कोने में आ जाएं।

'स्माइल!' उसने उन दोनों को एक ख़ास एंगल में खड़े होकर पोज़ देने और जबड़े फैलाने को कहा।

उन दोनों की पहली तस्वीर, जो एक साथ खिंचीं। बस वे दोनों। दोनों मुस्कुराए पर मुस्कुराने के कारण अलग-अलग थे।

स्कूल, ट्यूशन, शाम को एक साथ घूमना, रात को डिनर जल्दी लेना, एक महीने की गर्मियों की छुट्टियां, रात को देर तक बाहर रहना और कुछ जन्मदिन की दावतें। अर्निका को इन पिछले दो महीनों में बड़ा मज़ा आया। बेशक वह गुड़गांव वाले दोस्तों को भी भूली नहीं है, उनकी भी याद सताती है, पर उसके नए दोस्त, उसकी क्लास में पढ़ने वाले; बानी, वासु, अलीशा, शादाब और बाकी सबने उसे तहेदिल से अपना लिया है। इसके अलावा एक ख़ास बात यह भी तो है कि वह ज़बरदस्त हॉट और आश्चर्यजनक तरीक़े से बुद्धिमान भी है। दोस्ती करना तो दूर रहा, अगर वह किसी लड़के से बात भी कर ले तो वह उसके क़दमों तले बिछने को तैयार हो जाता है।

ये सुन कर आप अंदाज़ा लगा ही सकते हैं कि वहां हर पांचवां लड़का उसके बारे में ही सोच रहा होता है, भले ही वह क्लास में हो, टॉयलेट में हो, बास्केटबॉल के मैदान में हो या फिर स्विमिंगपूल में; जहां वह रोज़ तैरने जाती है, कुछ लड़के तो इनमें से सिंगल हैं और कुछ कहीं और व्यस्त होने के बावजूद आदत से लाचार हैं!! अर्नि बड़ी ही विनम्रता से उनकी उम्मीदों पर पानी फेर देती है और बेहूदे बर्ताव के बजाय ईमानदार जवाबों से उनकी चाहत का गला घोंट देती है।

प्यार, वायदे – ऐसी बातें कभी अर्नि की ज़िंदगी में मायने नहीं रखतीं। ग्यारह साल की थी, जब माता-पिता अलग हुए, या फिर उसके पिछले असफल संबंध को दोष दे सकते हैं, या फिर यह उसके कैरियर पर केंद्रित दिमाग़ की उपज है, चाहे जो भी कहें, उसने ऐसे ही रहने की सोची हुई है।

सुंदर पर सिंगल!

दोस्ताना, पर अपने काम पर फोकस रखने वाली!!

शादाब इसे समझता है। थियेटर करने वालों को वैसे भी लोगों का विश्लेषण करना आ ही जाता है। वह उसके साथ रहते हुए भी उस पर हावी होने की कोई कोशिश नहीं करता। बस, एक अच्छा दोस्त, एक डिबेटिंग पार्टनर, एक ऐसा इंसान, जिसके साथ वह ग्रुप में घूमती है, लंच करने, मूवी देखने या शीशा देखने जाती है।

ऐसा नहीं कि उनके बारे में अफवाहें नहीं उड़तीं, अफवाहों का बाज़ार तो गर्म है, पर वह सावधान है, वह उसे जानने-समझने की कोशिश में है, हालात के हिसाब से चलना अक्लमंदी रहेगी।

एक खिलाड़ी होने का ठप्पा किसी काम नहीं आता, इस बात से भी कोई फ़र्क़ नहीं पड़ता कि आपका पिछला संबंध अभी कुछ महीने पहले ही ख़त्म हुआ है और आपकी एक्स क्लास में आपके पीछे बैठती है और अर्निका आगे बैठती है।

साथ आई इंग्लिश टीचर चहकी, "मुबारक हो बच्चो!" अर्निका आगे बढ़कर गले लगी और शादाब ने झुक कर पांव छुए।

अर्निका यह देख कर मुस्कुराई। इन्हीं छोटी-छोटी बातों से वह उसकी ओर खिंचती जा रही है।

ख़ैर!

शादाब ने उसे देखते हुए देख लिया, उसके चेहरे पर छिपी मुस्कान आ गई। यही कारण है कि वह अब स्पांडिलाइटिस की भी परवाह नहीं कर रहा है।

वे स्कूल वापिस जाने के लिए पार्किंग लॉट की ओर चल दिए, वे स्कूल की इनोवा में आए थे।

शादाब ने टाइम देखा।

मैडम का फ़ोन आया, तो वह तेज़ क़दमों से चल दी, शादाब अर्निका के कान में फुसफुसाया "12.10, तीन पीरियड बाकी हैं।"

"तुम वापिस जाना चाहते हो...? क्या हम मैम से कह कर रास्ते में कहीं रुक नहीं सकते... मेरे हिसाब से हमें जश्न तो मनाना ही चाहिए।" वह बड़े ही नाटकीय अंदाज़ में बोली।

“मेरे हिसाब से तो स्कूल वापिस जाना चाहिए... पढ़ाई ज़्यादा ज़रूरी है, अर्निका सिन्हा।” उसने भी उसी अंदाज में जवाब दिया।

अर्नि ने मज़ाक में उसके कंधे पर घूंसा जमा दिया।

कुछ ही मिनटों में एक और स्पर्श! ही इज लविंग इट यार!!!!

वे पार्किंग लॉट में पहुंचे। स्टैला मैम अब भी कॉल पर हैं।

“मुझे तो यहां कार कहीं नहीं दिख रही।” शादाब ने सब तरफ़ नज़र दौड़ाई।

“लड़का-सा ही तो है ड्राइवर! वह शायद गर्लफ़्रेंड से मिलने गया होगा।” अर्नि के कहते ही दोनों हंस दिए।

टीचर वापिस लौटी।

“ड्राइवर कहां है?” उसने जल्दी से पूछा। चेहरे पर तनाव की रेखाएं थीं।

“मैम...क्या हुआ? सब ठीक है, न?” अर्निका ने पूछा।

“घर से फ़ोन आया है...बेटा बेहोश हो गया है...उसकी तबीयत ठीक नहीं चल रही थी।” टीचर में एक चिंतित मां की झलक दिखी।

“तो हम ड्राइवर के आते ही पहले आपके घर चलेंगे, मैम!” शादाब ने कहा।

टीचर के घर से स्कूल तक अर्निका के साथ कार में अकेले सफर, वाह री किस्मत!!! वे दोनों बैक सीट! आरामदायक बैक सीट।

शादाब के दिमाग़ में एक योजना पकने लगी।

“नहीं...मेरे पति आते ही होंगे...वे मुझे यहां से ले लेंगे और हम सीधा अस्पताल जाएंगे।” उसके शब्दों ने शादाब की तैयार योजना के केक पर परफेक्ट आईसिंग का काम किया। “तुम दोनों स्कूल वापिस जाओ...मैं प्रिंसीपल मैम को फ़ोन लगा रही हूं, पर मिल नहीं रहा...।”

“हम उन्हें बता देंगे...।” शादाब ने झट से कहा।

अर्निका ने उसे घूरा।

वह भांप गई कि टीचर के लिए शादाब की इतनी चिंता के पीछे कोई न कोई वजह है।

वे दोनों ही जानते हैं।

"हां... ओ. के...पर ड्राइवर कहां है?..." टीचर के बजते फ़ोन ने बात को बीच में ही काट दिया। वह फिर अलग चली गई।

"क्या बात है?...मैम की इतनी चिंता...बात कुछ हज़म नहीं हुई!!!" अर्निका ने छूटते ही कहा।

"छोड़ो भी...उसका बच्चा बेहोश हो गया है...बेचारी...सोचो तो एक मां का क्या हाल हो रहा होगा?"

जब आप बात को थोड़ा उलझाते हैं, तो लड़कियों का कौतूहल और भी बढ़ जाता है।

क्लीयर फ़ंडा। नतीजे पक्के!!!!

"हा? हा?" उसकी आवाज़ की चिड़चिड़ाहट महसूस की जा सकती है।

शादाब ने मन-ही-मन सोचा 'बात बन रही है! बात बन रही है!' उनकी मैम बात बीच में रोक कर आई।

टीचर के पति की कार के साथ ही गेट से स्कूल की कार दाखिल हुई।

"मेरे पति आ गए।"

"स्कूल की कार भी आ गई।" शादाब ने कहा।

"अच्छा बच्चो! उम्मीद करती हूं कि तुम पूरी ज़िम्मेदारी से स्कूल पहुंचोगे...उम्मीद है कि तुम पर भरोसा रख सकती हूं।"

शादाब ने अपनी सौ बार आज़माई हुई भोली-सी मुस्कान के साथ आंखों में हलकी-सी नमी भी दिखा दी।

"मैम! अपने बेटे का ध्यान रखिएगा।" वह मुस्कुरा कर बोला और मैम के अपनी कार तक जाने से पहले ही स्कूल कार ड्राइवर से सांठ-गांठ करने चल दिया।

वे दोनों जा कर कार में बैठ गए।

बैक सीट। आरामदायक बैक सीट।

दो मिनट बाद

"भैया... क्या हाल है?" शादाब ने ड्राइवर से पूछा तो अर्नि ने शक-भरी निगाहों से घूरा।

"ठीक हूं।" जवाब आया।

"गर्लफ्रेंड से मीटिंग कैसी रही?" शादाब ने पूरे भरोसे से पूछा और दोनों ने ही महसूस किया कि ड्राइवर के चेहरे पर लाली आ गई, उसने सवाल अनसुना कर दिया।

"देखा न?" शादाब अर्नि के कान में बोला। अर्नि ने भी मुस्कान दी।

"अर्निका, क्या तुम्हें भूख नहीं लगी?" जानबूझ कर तेज़ और नाटकीय अंदाज़ में यह बात कही गई।

"मुझे... हां! लगी तो है।" अर्नि ने ईमानदारी से कहा।

उसने घड़ी देखी। दोपहर के साढ़े बारह! उनके पास अभी भी पूरे चालीस मिनट हैं।

डिबेट देर तक चली, सड़क पर काफ़ी जाम था, ड्राइवर का चालान हो गया।

कई वजह। एक काम। शादाब ने सब सोच लिया था

"ड्राइवर भईया को भी भूख लगी होगी...वे भी तो सुबह से यहां हैं... हैं न भईया?" शादाब ने बड़े ही प्यार से पूछा

ड्राइवर अनपढ़ भले ही हो, पर गंवार नहीं है, वह समझता है कि बच्चे क्या चाह रहे हैं?

"भूख तो ठीक है... पर मैम ने कहा है कि स्कूल ही पहुंचना है सीधे!" ड्राइवर ने कह तो दिया, पर मुफ्त का माल मिलने के पूरे आसार दिख रहे हैं।

"हां... पर देखो न सड़कों पर कितना ट्रैफिक है और मैम को क्या पता चलेगा? कुछ मिनट इधर और कुछ मिनट उधर कर देंगे...।"

अर्नि को एहसास हुआ कि शादाब क्या खिचड़ी पकाने जा रहा था। उसके चेहरे पर मुस्कान खेल गई।

"हूं...रास्ते में कुछ आए, तो मैं भी खा लूं...5-10 मिनट के लिए ही।" ड्राइवर ने चालाकी से कहा।

स्कूल अब भी कुछ किलोमीटर दूर है। वह जल्दी से अंदाज़ा लगाता है। रास्ते में ब्रिक बेकर्स पड़ेगा।

"तो अर्निका...कॉफी हो जाए?"

बंक मारना तो एक दिव्य काम है और कॉफी को न कहना एक पाप है।

"ज़रूर...पर ...ठीक रहेगा क्या? हम स्कूल की यूनीफॉर्म में हैं...और मेरे पास तो पैसे भी नहीं हैं।"

"तो मुझे इजाज़त दें कि मैं बिल भर सकूं।"

"ओ. के.! पर यह तो ऐसे लगेगा कि हम डेट पर हैं।"

"ऐसा लगे भी तो इसमें हर्ज़ ही क्या है?" उसने हाथ उठा दिए।

"अच्छा वो तो सपनों में ही होगा।" अर्निका ने भी मज़ाक़ किया।

काश चाहने से ही सब हो जाता!

वह मुस्कुराया, वह भी मुस्कुराई और उलझन सुलझ गई

ब्रिक बेकर्स

ड्राइवर ने अगले आधे घंटे के लिए तीन फ़िगर वाला एक गांधी जी वाला नोट ले लिया है और कौन कहता है कि पैसे से वक्त नहीं खरीदा जा सकता।

वे दोनों एक साथ कॉफी हाउस में दाखिल हुए। तकरीबन मेज़ों पर पहले से जोड़े बैठे हैं। अर्निका आस पास के माहौल में कॉफी और प्यार की गंध महसूस कर सकती है। उसे एहसास हो रहा है कि यह दिन आने वाले समय के लिए क्या मायने रख सकता है।

वेटर ने कुछ इस तरह शादाब का स्वागत किया, जैसे पुराने ग्राहकों का किया जाता है। वह उन्हें ऐसी मेज़ के पास ले गया, जो प्रवेश द्वार से नहीं दिखती थी, फिर उसने मेज से रिज़र्व वाली तख़्ती उठाई और अर्निका के लिए कुर्सी खींच दी।

वह हौले से मुस्कुराई। शादाब ने हौले से गर्दन हिलाकर वेटर को कोई इशारा दिया और वेटर का जवाब तो उससे भी छिपे तरीक़े से आया। हालांकि अर्नि ने देख ही लिया।

"लगता है, यहां काफ़ी आते हो।" उसने वेटर के जाते ही कहा।

"नहीं...वैसे तो नहीं... पर यहां की कोल्ड कॉफी वाकई दमदार होती है।"

कुछ ही मिनट में कोल्ड कॉफी आ गई। उसकी कॉफी पर चॉकलेट सॉस से बना दिल तैर रहा था।

"...और लगभग कितनी लड़कियां यहां इस तरह से ऐसी कॉफी पी चुकी हैं"...यही सवाल पूछते हुए... "यही दिल देख चुकी हैं?" अर्निका ने पूछा।

वह मुस्कुराया। बेशक अर्नि को शीशे में उतारना कोई आसान काम नहीं है, पर वह भी तो अपने काम का पक्का खिलाड़ी है।

"मेरे ख़्याल से तो कोई नहीं।" उसने पूरे आत्मविश्वास से कहा।

वह उससे एक बेहतर जवाब की उम्मीद रखती थी। यह तो कोई जवाब न हुआ।

"झूठे!" अर्नि ने इलज़ाम लगाया।

"ईमानदारी से कुछ आई तो हैं, पर उनमें से कोई तुम्हारी तरह समझदार नहीं निकली, जो यह अंदाज़ा लगा पाती।" उसने कॉफी का घूंट भरते हुए कहा।

"तुम इस मामले में...अच्छे हो, है न?" अर्नि ने स्ट्रॉ मुंह में डाला।

"किस मामले में...? ड्राइवर को रास्ते में रोकने के लिए पटाना या...केक का पीस?"

"उसमें भी...।" वह जवाब देते हुए मुस्कुराई।

वह बहुत ज़्यादा मुस्कुरा रही है। वह इसे देख सकता है। वह इसे महसूस कर सकती है।

इसके बाद चॉकलेट केक के स्लाइस के साथ और भी बातें हुईं।

"तो...और तुम्हारे परिवार में कौन-कौन हैं?" उसने उसी स्लाइस से एक टुकड़ा लेते हुए पूछा।

"मॉम...डैड...मेरी छोटी बहन...मैं और बहुत सारा पैसा।" उसने वहीं से केक का स्लाइस लिया, जहां अभी अर्नि के चम्मच ने छुआ था।

वह इस काम और जवाब दोनों पर हंस दी।

"तुम अपना बताओ।" अब शादाब की बारी है कि वह अर्नि को और बेहतर तरीक़े से जाने। दो महीने हो गए, पर कभी इतनी बातें नहीं कीं।

"मेरे घर में गर्ल पॉवर चलती है...मॉम...मैं और नानी!" केक के एक ही हिस्से पर जाते समय दोनों के चम्मच आपस में टकराए।

अजीब लगा। नहीं। वे दोनों ही मुस्कुरा दिए। इस पर। एक दूसरे के साथ। एक दूसरे के लिए।

"जब मैं छोटी थी, तभी मॉम और डैड अलग हो गए थे।" अर्नि का सुर बदल गया था।

"मैं तुम्हारी मॉम से मिलना चाहूंगा...पर यह तो तभी होगा, जब तुम मुझे अपने घर आने का न्यौता दोगी।" चुटकुले का पूरा असर हुआ। अर्नि की खोई मुस्कुराहट लौट आई।

"तुम संभाल नहीं पाओगे।" वह चहकी

"मैं मम्मियों को अच्छी तरह संभाल सकता हूं...फिर यहां पापा भी तो नहीं है,... इसका भी भविष्य में फ़ायदा होगा।" वह आंख दबा कर मुस्कुराया।

"तुम नहीं मानने वाले न?" वह बोली।

"हां, जब तक तुम मुस्कुराना बंद नहीं करतीं।"

वह मुस्कुराया। वह भी मुस्कुराई और उलझन सुलझ गई।

4

और इस तरह उसने आख़िरकर उसे बाहर आने के लिए मना ही लिया...पर इससे पहले उसे गुंडों से बचाया, कैंटीन की लाइन में उसके लिए धक्के खाए, ट्रुथ और डेयर के गेम में कई खिचड़ियां पकाईं, उसे आधी रात को मैसेज किए, सुबह तीन बजे कार लेकर उसके घर जा पहुंचा, एक लाल गुलाब दिया और फिर वे तीन शब्द कहे...

आई लव यू

10 जुलाई 2009

स्कूल की क्लास में

ट्रुथ एंड डेयर – एक ऐसा गेम, जो किसी भी सीज़न में खेल सकते हैं, और कुछ रीज़न्स के साथ खेल सकते हैं। एक ऐसा गेम, जिसे हर ग्रुप सच जानने के लिए खेलता है। नहीं-नहीं एंबेरेसिंग ट्रुथ। कुछ पुराने राज़ों पर ज़ंग लगे ताले खोलने के लिए, कुछ तूफान और झमेले खड़े करने के लिए। करेक्शन-मीठे झमेले।

जब आपकी इंग्लिश टीचर ने एक शादी में जाने के लिए स्कूल बंक

किया हो, तो उसके पीरियड के पैंतालीस मिनट बिताने के लिए यह एक अच्छा साधन हो सकता है।

एक घेरा बनाने के लिए डेस्क लगा दिए गए हैं। वासु की नाइक वाटर बोतल बीच में घुमाई जाती है। नियम तो सादे ही हैं। सवाल पास नहीं हो सकते। डेयर को छोड़ नहीं सकते। सच तो जिंदा रहना ही चाहिए। बहादुरी की जीत होनी ही चाहिए।

रीतेश और अलीशा, जिन्हें क़ायदे से अपने कॉमर्स सेक्शन की बिजनेस स्टडीज़ की क्लास में होना चाहिए, वे बड़े मजे से शादाब, अर्निका, वासु, बानी, साची और अभिनव के साथ उनकी आर्ट्स की क्लास में बैठे हैं।

सुविधाजनक संयोग कहें या तयशुदा षड्यंत्र, शादाब अर्निका के ठीक सामने बैठा है। वासु उठ कर बड़े ही ज़ोर से बोतल घुमाता है। बोतल कुछ देर घूमती है और अंदाज़े लगाए जाते हैं कि वह कहां ठहरेगी?

वह रुक गई, रीतेश के सामने।

ट्रुथ या डेयर, पूरे ग्रुप ने एक साथ पूछा और रीतेश ने पूरे जोश से कहा 'ट्रुथ।'

हर कोई सवालों की झड़ी लगा देता है और तकरीबन सवाल उसके और अलीशा के रिलेशन पर ही हैं। "मैं एक का ही जवाब दूंगा।" उसने साफ शब्दों में कहा। अलीशा अभी से सकुचा रही है।

"ओ. के.।" अर्निका ने कहा। वासु भी अपनी ओर से कुछ पूछने के लिए अकुला रहा है, पर अर्निका को बीच में आते देख शादाब ने उसे चुप रहने का इशारा कर दिया। वह समझ गया। यह एक ब्रो कोड है।

"तो रीतेश...इस क्लास में...सिर्फ़ अलीशा को छोड़ कर, ऐसी कौन सी लड़की है, जो तुम्हें एक मिनट में काबू कर सकती है?"

चारों तरफ़ से हूटिंग के स्वर गूंज उठे। बड़ा ही टेढ़ा सवाल है। शादाब हाई फाइव के लिए हाथ उठाता है और वह जवाब भी देती है।

साइन तो पॉजिटिव ही दिख रहे हैं।

रीतेश अलीशा को देखता है। वह ऊपर से शांत है, पर जवाब सुनने को बेताब है। वह शादाब को देखता है। पल-भर के लिए नज़रें मिलती हैं। वे दोनों जानते हैं कि वह कौन-सा नाम लेना चाहता है।

अर्निका हॉट है। हमेशा की तरह हॉट!!!! नामीबिया के डेजर्ट जितनी हॉट!

"रिया।" आखिरकार उसने कह ही दिया।

अलीशा ने भौंहें उठाईं, "मैं याद रखूंगी।"

चारों तरफ़ हंसी के फव्वारे छूटने लगे।

रीतेश और शादाब एक साथ बोतल घुमाने के लिए उठे। दोनों एक साथ ही नीचे झुके।

"मोबाइल देख...मैंने एक मैसेज भेजा है...।" शादाब अपनी डेस्क पर जाने से पहले उसके कान में फुसफुसाया। बोतल फिर से घुमाई गई, फिर घुमाई गई और इस बार अर्निका के सामने जा रुकी।

"पेबैक!!" रीतेश चिल्लाया। इस दौरान वह शादाब का मैसेज देख चुका था।

बड़ा मजा आने वाला है।

"ट्रुथ!!" उसने काफ़ी सोचने के बाद कहा।

"परफेक्ट।" शादाब धीरे से बुदबुदाया।

"तो...अर्निका...शादाब और तुम्हारे बीच क्या चल रहा है?"

अचानक चारों ओर चुप्पी छा गई। पांच जोड़ी आंखें शादाब से होते हुए अर्निका पर जा टिकीं। शादाब जानने को बेताब है। अर्निका भी जानती है कि उससे कहलवाया जा रहा है। उसके कानों की लवें जल रही हैं।

"उम्म्मम। एक अच्छा लड़का है।"

"नाईस गाई।" सभी लड़के एक साथ बोले। बानी ने वासु को टहोका दिया। शादाब के लिए भी मुश्किल हो रही है, कहीं मुस्कान एक हंसी में न बदल जाए और वह एक दोस्त है। अर्निका को सही शब्दों की तलाश में काफ़ी उलझन हो रही है।

"बस, एक दोस्त...?" रीतेश तो उस लड़के का पक्का दोस्त है। वह इस मौके को हाथ से नहीं जाने देगा। "ये तो एक से ज़्यादा सवाल हो गया।" बानी ने उलाहना दिया। लड़की की पक्की सहेली उसके बचाव में आगे आ गई।

वैसे शादाब को उसका जवाब मिल गया है।

"अर्निका तुम्हें शर्म आ रही है?" वासु ने चुटकी ली।

"हैं...नहीं तो...मैं क्यों शरमाने लगी?"

हालांकि अंदर से वह भी जानती है कि यह एक झूठ है...

शादाब मुस्कुरा रहा है।

भई कोई न कोई कैमिस्ट्री तो दिख रही है।

एक मौका बन सकता है।

एक *लवस्टोरी* भी बन सकती है।

बांटने की बात, दोस्त और मुस्कानें

11 जुलाई 2009

आधी छुट्टी।

शादाब, अर्निका और बानी स्कूल की कैंटीन की तरफ़ जा रहे हैं।

टू इज कंपनी एंड थ्री इज़ क्राउड। वैसे वे अभी उस लेवल तक नहीं आए कि स्कूल में अकेले घूमें। वैसे वह कब से यही चाहत लिए जी रहा है। कैंटीन में अनहाईजीनिक खाने पर काफ़ी सरगर्मी है। काफ़ी लंबी लाइन है और सीनियर, छोटी मारुति और सैंट्रो जैसे जूनियर्स को पार कर धोखे से आगे निकल जाते हैं, वे एसयूवी जो ठहरे।

"आजकल की मांओं को क्या हो गया है? कोई भी टिफिन नहीं लाता क्या?" बानी ने ज़ोर से कहा... ."कमऑन शादाब बंदा बन! लाइन में लग।" उसने बात ख़त्म की।

लड़कियां हंस दीं।

स्पॉटलाइट!

चिवलरी बनाम भूख!

इंप्रेशन और कांउटर तक जाने का रास्ता बनाना।

पेशेंस बनाम पोटैटो चिप्स!

प्यास बनाम चिल्ड कोक!

"मैं जाती हूं।" अर्निका ने विनम्र सेवाएं प्रस्तुत कीं।

"नहीं-नहीं...।" बस, शादाब के कानों में यही शब्द गूंजने लगे। भूखे लड़के और लाइन में अर्निका जैसी हॉट बेब!!! न, रिस्क नहीं ले सकते।

"नहीं...तुम वहां नहीं जा सकतीं।" उसने थोड़ी सख़्ती से कहा।

"क्यों?????" उसकी आवाज़ में हैरानी थी।

"क्योंकि...क्योंकि...।" वह समझ नहीं पा रहा था कि अर्निका को असली वजह बताए या नहीं।

"क्योंकि...?" अर्निका भी आसानी से पीछा नहीं छोड़ने वाली। उसके भीतर बैठी फ़ेमनिस्ट जाग उठी।

"क्योंकि... "वह कारण बताने के लिए यहां-वहां ताकने लगा। अचानक उसे रचित दिख गया। उसकी डिबेटिंग टीम का वह लड़का लाइन में आगे-आगे ही था। "रचित...रचित सुन! तुझे हमारे लिए भी कुछ लाना होगा।"

"जल्दी बोलो! तुम लोगों को क्या चाहिए?" रचित वहीं से चिल्लाया।

"कोक और नूडल्स ले आ।" बानी ने सबकी तरफ़ से कहा। अर्निका ने झट से उसका हाथ लपका। ऐसा नहीं कि शादाब को बुरा लगा, पर जैसे वह इस स्पर्श के लिए तैयार नहीं था।

दोनों की उंगलियां आपस में टकराईं। वहां तो हरे नोट पर गांधी जी मौजूद थे।

हलका-सा स्पर्श था। शादाब के हाथों में पसीना था और अर्निका के हाथ ठंडे पड़े थे। सेंसेशन – समझो बिजली का झटका!!!

"यह क्या है????" शादाब के शरीर का तापमान ठिकाने पर आया, तो उसने पूछा।

"पैसे हैं...।" अर्निका का जवाब आया।

"डूड...कमॉन...मैं इसे नहीं लेने वाला।" उसने उसका हाथ पकड़ा और मुचड़ा हुआ नोट उसके हाथ में थमा दिया। "मेरे पास भी पर्स है।" उसकी आवाज़ की मस्ती लौट आई थी।

"ठीक है, फिर तुम जो भी लाओगे, मैं नहीं खाने वाली।" अर्निका ने दृढ़ निश्चय से कहा।

"अर्निका...।" शादाब ने विरोध किया।

"क्या...? उस दिन कॉफी के पैसे भी तुमने ही दिए थे...।" अर्नि भी पीछे हटने वालों में से नहीं थी।

"तुम दोनों कॉफी के लिए गए और मैं इस बारे में कुछ जानती तक नहीं...अर्नि...मेरे दिल को बड़ी ठेस लगी।" अभी तक मूकदर्शक बनी बानी इस बारे में सुन कर जैसे नींद से जागी।

"शादाब भैया...क्या चाहिए?" जूनियर वहीं से चिल्लाया। उसकी बारी आ गई थी।

"शादाब भैया...बड़ा रोब है।" अर्नि ने चुटकी ली।

"रोब नहीं, मेरी रिस्पैक्ट करता है।" वह भागकर उस ओर गया और दो लड़कियां वहीं खड़ी रहीं।

"वह तुम्हें लाइन में नहीं भेजना चाहता था, क्योंकि उसे तुम्हारी परवाह है।" उसके जाते ही बानी ने कहा।

"रियली...पर क्यों??" अर्नि ने जानते हुए भी पूछा, 'बहुत खूब!!!'

"साफ ही तो है...वह नहीं चाहता कि कोई भी लड़का किसी भी बहाने से तुम्हें छुए...अगर तुम गईं, तो वहां यही सब होगा।"

अर्नि लजा गई और उस तरफ़ नज़र दौड़ाई, जहां कोई उसके लिए पीछे से आती भारी भीड़ के धक्के झेल रहा था।

"वैसे...मुझे अच्छा नहीं लगा।" बानी ने फिर बात छेड़ दी।

"बानी...हम पिछले हफ़्ते डिबेट ख़त्म होने के बाद कॉफी पीने रुके थे।"

"तो...क्या यह एक डेट थी?" उसने एक शिकारी रिपोर्टर की तरह सवाल किया। जैसे किसी मेनोपॉज हिट हस्ती से सेक्स के टिप्स निकलवाने जा रही हो।

"डेट...नहीं, मेरा मतलब, बस कॉफी, बस...इसे डेट नहीं कह सकते। मेरा मतलब, मुझे नहीं पता।" अर्नि कुछ उलझन में दिखी। यह कोई अच्छा लक्षण नहीं हैं। उसे पता है, पर क्या करे, मजबूर है।

"हम्म्मम...तो वह तुम्हें पसंद करता है।" बानी ने अचानक कहा।

अर्निका ने चुप रहने में ही भलाई जानी। मौन ही तो सोना है, है न!

"वह जैसे तुम्हें देखता है...बात बिल्कुल साफ है...वह एक भला लड़का भी है। और मुझे लग रहा है, यानी कुछ-कुछ लग रहा है कि यह कहानी... एकतरफ़ा तो नहीं है।" उसने अर्नि को टहोका दिया।

अर्नि के गाल लाल हो गए। चेहरे पर मुस्कान छा गई।

"नहीं...मेरा मतलब है कि मैं किसी रिलेशनशिप में नहीं जाना चाहती...बारहवीं क्लास में तो नहीं...मुझे बोर्ड में अच्छी परसेंटेज चाहिए, ताकि मैं न्यूयार्क जाकर आगे की पढ़ाई कर सकूं और जब हम यह क्लास पूरी कर लेंगे, तो इस रिलेशन का क्या होगा?" अर्नि ने बड़ा सोच-समझ कर कहा।

"अच्छा! तो तुम पहले ही इस पर काफ़ी सोच-विचार कर चुकी हो।" बानी ने झट से बात पकड़ ली और दोनों लड़कियों के चेहरे पर मुस्कान आ गई।

"नहीं...मेरा मतलब है...हां...ओ. के. ...हां!" अर्नि ने बात मान ही ली। उसे अच्छा लगा, मानो छाती से कोई भारी बोझ उतर गया हो। जैसे उसकी फूडपाइप में से चिपका हुआ चिकन निकल गया हो, जो केएफसी में चिपक गया था।

"वह लायक है...पैसे वाला...हॉट...हैंडसम...हमेशा पैसे भी वही देता है...तू आजमा कर देख ले।" बानी ने शादाब को लौटते देखा, तो झट से अपनी बात ख़त्म की। शादाब कोक के गिलासों और पतली से पतली पेपर प्लेटों में डले नूडल्स से जूझता आ रहा था।

"अरे।" अर्नि उसकी मदद करने के लिए आगे बढ़ी।

"थैंक यू!" वह खांसा और धीरे से बोला..."मुझे सहयोग देने के लिए।"

न चाहते हुए भी अर्नि के चेहरे पर मुस्कान आ गई। एक अलग-सी मुस्कान। वह मुस्कान ख़ुद उसे ही उलझा रही थी और शादाब के दिल को सहला रही थी।

फ्लर्टिंग हमेशा काम आती है। वह जानता है। वह जानती है।

उसने पेपर प्लेट पकड़े और यह क्या, वहां तो दो ही कांटे थे। हैरानी की बात है, न?

बानी ने झट से एक उठा लिया।

"क्या हम शेयर कर सकते हैं?" लड़के ने हलके से लजा कर पूछा।

"हां-हां क्यों नहीं!" लड़की बोली।

वह मुस्कुराई, वह मुस्कुराया और उलझन सुलझ गइ।

12 जुलाई 2009

शाम के 7.45

"हैलो नानी! मैं आपका फ़ोन नहीं ले सकी...मैं सर से कुछ डाउट क्लियर कर रही थी...हां नानी...मुझे पता है कि ट्यूशन सात बजे ख़त्म हो जाती है...नहीं...मैं अभी तक पार्किंग लॉट में नहीं पहुंची...हां, मैंने ड्राइवर से कहा था कि वह मुझे लेने आ जाए...नहीं, मैं हांफ नहीं रही...सीढ़ियां उतर रही हूं...अच्छा आप शालीमार में बिग बाज़ार में हो...ओ. के...सॉरी...मैंने आपको इंतज़ार करवाया...अच्छा...नानी...अब मुझे ड्राइवर को फ़ोन करने दो...हां नानी...लव यू।" अर्निका ने कॉल कट की और अर्थशास्त्र की किताब संभालते हुए मार्केट के पार्किंग लॉट में ड्राइवर को खोजने के लिए यहां-वहां नज़र मारी, वहीं पास में ही उसका कोचिंग सेंटर था।

बानी, शादाब और उनके सभी दोस्त सात बजे ट्यूशन ख़त्म होते ही निकल गए थे।

शाम का गहरा धुंधलाता आसमान, कोई आसपास नहीं दिख रहा, मॉल में इंतजार करती बूढ़ी नानी, एक अनजाना-सा शहर, एक मां, जो शहर से बाहर है, ड्राइवर को कॉल, जो फ़ोन नहीं ले रहा।

अर्निका उलझ गई और टेंशन के कारण पेट में गुड़गुड़ाहट-सी होने लगी।

वह बिज़ी मार्केट में खड़ी ड्राइवर को फ़ोन लगाने की कोशिश में है और बहुत ही बेचैनी महसूस कर रही है।

जब वह पार्क में आसपास नज़र दौड़ा रही थी, तो तेज़ संगीत, टिंटिड शीशों, निऑन बत्तियों व कुछ लड़कों वाली कार उसके बिल्कुल पास से गुजरी।

'गधे!!' वह चिल्लाई और उन्हें अंगुली दिखा दी। कार एक तेज़ आवाज़ से रुकी और ड्राइवर कार को वहीं मोड़ लाया, जहां वह खड़ी थी।

'ओह...।' अर्नि ने कार को रिवर्स होते देखा, तो सारी हिम्मत टूट गई

अनजाना शहर!

अनजान लड़कों का समूह!

निश्चित रूप से अच्छी बात नहीं।

वह सोच रही थी कि पुलिस बुलवा ले। आइडिया बुरा है। वह फिर से ड्राइवर को फ़ोन लगाने लगी। वही जवाब। नॉट रीचेबल।

अचानक आकाश और भी धुंधला गया।

उस कार का ड्राइवर, जवान लड़का, शरीर को कई जगह से छेदा हुआ, बालों में जैल और वही सारी नौटंकी...उसने खिड़की का शीशा नीचे किया और साथ बैठा लड़का, शायद उसका दोस्त होगा; मुस्कुरा कर बोला "तुमने कुछ कहा?"

अर्निका ने सवाल को अनसुना किया और फ़ोन मिलाने के काम में लगी रही। अब भी नॉट रीचेबल।

लड़के ज़ोर-ज़ोर से हंसने लगे।

"अर्थशास्त्र...अच्छा...प्राइस लेवल क्या है?" पीछे बैठे लड़के ने पूछा और पूरी कार में फाड़ू हंसी गूंज उठी।

अर्नि बोल्ड थी, पर उसके बावजूद आंखें गीली हो गई। लड़के उसे घूरते रहे।

अर्नि ट्यूशन वापिस जाने के लिए मुड़ी। वह दूसरा क़दम बढ़ाने ही वाली थी कि उसने कुछ टायरों के चीखने की आवाज़ सुनी और मुड़ कर देखा, लड़कों की कार दो कारों से घिरी थी और एक जाना-पहचाना-सा लड़का उन लड़कों की कार की खिड़की पर झुका था। लो वेस्ट जींस। गठा शरीर और स्पार्कड बाल।

‘शादाब।’ वह ख़ुशी से बुदबुदाई।

टैलीपैथी या पता नहीं शादाब ने उसकी फुसफुसाहट सुन ली, वह उसी पल मुड़ा और उसे वहां आने को कहा।

अर्नि चुपचाप वहीं चली गई।

“अर्नि...मेरे दोस्त तुमसे कुछ कहना चाहते हैं...।” उसने विनम्रता से कहा। अर्नि ने कोशिश की कि कार में बैठे लड़कों पर उसकी नज़र न पड़े।

“सॉरी!” कार में ड्राइवर की साथ वाली सीट पर बैठा लड़का बोला।

“बेहतर है।” शादाब ने खुली खिड़की से उसका कंधा थपथपाया और अर्नि को इशारा किया कि वह उसकी कार में जा कर बैठे, जो लड़कों की कार के पीछे ही पार्क थी।

जब उसने देख लिया कि अर्नि सुरक्षित रूप से कार में बैठ गई है, तो उसने लड़कों से कहा, “अगली बार... किसी के भी साथ ऐसा कुछ करने की कोशिश की... तो याद रख लेना... अब फटाफट दफ़ा हो जाओ...!”

अर्नि ने देखा कि उन लड़कों ने फुर्ती से कार मोड़ी और अगले ही पल वहां से ओझल हो गए। कैंटीन में बानी ने जो कहा था, वह याद आते ही उसके चेहरे पर मुस्कान खेल गई।

वह तुम्हारा ध्यान रखता है।

उसने देखा कि शादाब साथ खड़ी दूसरी कार में बैठे लड़के के पास गया और कुछ बात करने लगा।

“थैंक यू बॉस।” उसने दमदार से दिखते लड़के से हाथ मिलाया। वे जानते हैं कि बिल्ला भईया कौन हैं।

उस लड़के ने मुस्कान दी।

“शादाब चिंता मत कर... ओ. के. अब जा। वह कार में वेट कर रही है।” उन लड़कों में हलकी-सी हंसी छिड़ी और शादाब लौट आया।

जब वह अंदर आ कर बैठा, तो अर्नि नानी से फ़ोन पर बात कर रही थी।

“हां... नानी... मैं भी कब से उसका फ़ोन मिला रही हूं... मुझे पता है कि वह एक बेवकूफ़ है... नहीं, नहीं कैब मत मंगाओ... मैं आपको लेने आ रही हूं... शादाब ने कार चालू की तो उसने उसकी ओर देखा,

किस्मत अच्छी है कि यहां मार्केट में एक दोस्त मिल गया... मैं उसके साथ ही आ रही हूं... हां नानी... वह अच्छा लड़का है। अर्नि अपने फ़ोन में धीरे से बोली। नहीं... वह मेरा ब्वायफ्रेंड नहीं है।..."

वह सुन कर मुस्कुराया और कार को पहले गीयर में डाल दिया।

"अच्छा, अब प्लीज़ मुझे शर्मिंदा मत करो।" उसने हाथ से चेहरा ढका और दूसरी तरफ़ देखने लगी। "मैं आ रही हूं, बाय!"

"शादाब मुझे तो समझ नहीं आ रहा कि किन शब्दों में तुम्हारा धन्यवाद दूं...!" जैसे ही उसने कॉल कट की, वह शादाब से बोली।

"तुम्हारी नानी को कहां से लेना है?" उसने यंत्रवत पूछा।

"ओह... शालीमार मॉल।" वह चुपचाप अपने पांव देखने लगी।

"अगर लड़के तुम्हें तंग कर रहे थे, तो तुम खुद भी तो मुझे फ़ोन कर सकती थीं... मैंने सोचा था कि हम दोस्त हैं।" शादाब की आवाज़ सुन कर ऐसा लगा कि उसके दिल को ठेस लगी थी।

"आई नो... सॉरी... पर मैं बड़ी परेशान हो गई थी... ड्राइवर का फ़ोन नहीं लग रहा था... मॉम शहर में नहीं हैं... नानी कब से मॉल में मेरा वेट कर रही हैं... मेरे आसपास कोई नहीं था... मैं डर गई थी।" उसने धीरे से अपनी बात ख़त्म की, पर अचानक ताली बजा कर बोली, "वैसे! तुम्हें कैसे पता लगा? और वो लड़के कौन थे, जिनसे तुम बाद में हाथ मिला रहे थे? तुमने कार में बैठे बेहूदों से क्या कहा?" उसने बिना सांस लिए सवालों की बौछार कर दी।

"पहले सांस तो लो।" वह एक लाल बत्ती पर रुका था। बिल्ला भईया... लोकल सरकार राज... उसने उसके चेहरे पर आए भ्रम को देख कर अपनी बात पूरी की, "ये सब लड़कों की बातें हैं। तुम्हें हर तरह के लोगों से लिंक रखने पड़ते हैं... ऐसे हालात में ज़रूरत पड़ जाती है... वैसे तुम्हें इतनी गहराई में जाने की आवश्यकता नहीं है।"

सिग्नल जैसे ही बदला। उसने काफ़ी तेज़ी से कार आगे बढ़ा दी।

"ध्यान से" अर्नि ने टोका।

"तुम्हारी नानी थक गई होंगी। हमें जल्दी करना चाहिए।" उसने कार की स्पीड तेज़ की और रास्ता ख़ाली कराने के लिए हॉर्न देने लगा।

अर्नि के चेहरे पर यह सोच कर ही लाली आ गई कि वह उसके लिए कितनी परवाह करता था। उसकी नानी और चिंता शादाब को...

"पर तुमने यह नहीं बताया कि तुम वहां अचानक कैसे पहुंचे?" अर्नि ने उस अजीब-सी लगने वाली चुप्पी को तोड़ना चाहा।

"मैं बिल्ला भईया और उनके दोस्तों के साथ वहीं कोने पर बने जूस कॉर्नर में खड़ा था और जब कार रिवर्स हुई, तो एक ने कहा कि एक सेक्सी लड़की को कुछ लड़के सता रहे हैं।" उसने आगे वाली कार को ओवरटेक करते हुए कहा।

"ठीक।" वह बड़े ही अकबके तरीक़े से मुस्कुराई।

उसने उसे देखा, "ओह कमॉन... कोई बात नहीं। लोग तुम्हें सताने लायक समझते हैं।" उसने अपनी आंखों में चमक लाते हुए कहा। फ्लर्ट किंग!

"तुम जूस कॉर्नर पर क्या कर रहे थे... ट्यूशन सात बजे ख़त्म हो गई थी और मुझे लगा कि तुम घर चले गए होंगे।"

"मैं..." वह थोड़ा रुका... "तुम्हारा इंतजार कर रहा था।"

कभी-कभी जीवन में कुछ ऐसे सुनहरे पल भी आते हैं, जहां ख़ामोशी ही ज़ुबां बन जाती है और वे दोनों इस समय उन्हीं पलों को महसूस कर रहे थे!!!!!

अर्नि ने हालात बदलने के लिए नकली खांसी की और "वे लड़के... उन्होंने मुझसे माफ़ी कैसे मांगी?"

"मैंने ही उनका कचूमर निकाल दिया होता अगर मॉम से लड़ाई न करने का वायदा न किया होता... उसने अपनी भौं पर लगा निशान दिखाते हुए कहा। 13 टांके, जबरदस्त लड़ाई... गैंग वार... स्कूल के बाहर।"

"क्यों?" अर्नि ने पूछा।

"रिया... वही कहानी"। उसने हिचकते हुए कहा।

"तुम्हारी एक्स? है न?"

"हां," उसने सड़क की तरफ़ देखते हुए कहा।

"उम्म... अगर तुम मेरे पूछने का बुरा न मानो तो..."

"हम अलग-अलग चीजें चाहते थे... यह उसकी ग़लती नहीं थी... शायद मैं ही ग़लत था... ख़ैर छोड़ो इस बात को...।"

अगले कुछ मिनट तक कार में खामोशी छाई रही।

अर्निका ने ग्लॉस से बनी इमारत देखते ही कहा, "यह रहा मॉल।" उसने नानी को फ़ोन करके हाल पूछा और पता किया कि वह कहां हैं। पता चला कि गेट नंबर 4 के पास, बिग बाज़ार की एंट्रेस पर बैठी हैं, "हमें गाड़ी पार्क करके वहां जाना होगा।"

"कोई बात नहीं।" उसने कार को कर्मचारियों के लिए बने रास्ते की ओर मोड़ दिया और सिक्योरिटी चैकप्वाईंट तक गाड़ी ले गया।

"क्या कर रहे हो?" अर्नि ने सीटियां बजाते गार्डों को देखा, तो परेशान हो कर बोली। वे रुकने का संकेत दे रहे थे।

शादाब ने गार्ड के पास आने तक चुप रहने में ही भलाई समझी।

"सर... ये रास्ता तो यहां काम करने वालों के लिए है।" सिक्योरिटी गार्ड ने रटे-रटाए स्वर में कहा।

"तुम मुझे सिखा रहे हो?... क्या नाम है तुम्हारा? ...रामपाल?" उसने गार्ड की नेमप्लेट से नाम पढ़ने के बाद फ़ोन पर नंबर डायल करने का अभिनय किया। "इस कार पर स्टिकर नहीं है, तो इसे लगता है कि यह मुझे... बिग बाज़ार के मालिक के बेटे को रोक लेगा...।" उसने इतनी ठसक से कहा कि एकबारगी गार्ड भी चकरा गया। अर्नि ने बमुश्किल अपनी हंसी रोकी।

सिक्योरिटी वाला अपने दूसरे साथी से बातचीत करने चला गया और वे दोनों कार के पास आए। 'जी सर!' नए वाले ने विनम्रता से पूछा।

"यह रोडब्लॉक करने वाला पोल हटा... किससे बात करना चाहता है... बिग बाज़ार के मैनेजर से करेगा... या सिक्योरिटी कंपनी के मैनेजर से...?" वह थियेटर कलाकार है। उसकी एक्टिंग में कमी हो ही नहीं सकती। गार्ड कोने में चले गए और फिर बातचीत के बाद पोल हटा दिया और कार को बिना किसी जांच के जाने दिया।

"वाह क्या कमाल है!" अर्निका ने गार्डों के जाने के बाद कहा।

"और लोग कहते हैं कि भारत में पब्लिक प्लेस सेफ हैं।" उसने गेट नंबर 4 के बाहर गाड़ी रोकी और हंसते हुए कहा।

अर्नि गाड़ी से निकल कर बिग बाज़ार की तरफ़ भागी।

पांच मिनट बाद शादाब ने, सफेद बालों का जूड़ा बनाए, जींस-टॉप में एक स्मार्ट और झुर्रीदार चेहरे वाली महिला को अर्नि का सहारा लिए आते देखा। उनके पीछे दो कर्मचारी ट्रालियां ला रहे थे, जिनमें सामान लदा था।

उसने झट से बालों पर हाथ फिराया और कार से उतर कर डिग्गी खोल दी। उसने कर्मचारियों से कहा, "सामान यहां रख दो।"

तभी सिन्हा गर्ल्स परवेज़ ब्वॉय तक आ गई।

"नानी, यह है शादाब!" अर्नि ने परिचय कराया।

शादाब ने झुक कर उनके पांव छुए। अर्निका ने फिर इस बात को लक्ष्य किया। लड़का बड़ों को आदर-मान देना जानता है।

"थैंक्स बेटा!... आज हमारी वजह से तुम्हें कितनी मुश्किल हुई।" नानी ने बड़े ही मुलायम स्वर में कहा। शादाब ने मुस्कुराहट दी और चुपचाप उस ग्लेशियर को सराहा, जो बड़ी आसानी से नाले के लिए पानी भेज रहा था।

"आइए आंटी... बैठिए।" उसने कार खोली और उन्हें बैठने में मदद की। अपने कंधे का सहारा दिया और इस दौरान अर्नि की बाजू से हलका-सा छू गया। उसने आराम से दरवाज़ा बंद किया और वे बूट के पास आ गए। सारा सामान रखा जा चुका था। उसने कर्मचारियों को टिप दी, धन्यवाद कहा और आगे आकर अर्नि के लिए दरवाज़ा खोला।

"पता है शादाब!" उसने कहा, "तुम एक अच्छे लड़के हो और मुझे ख़ुशी है कि हम दोस्त हैं।"

"बस दोस्त????" शादाब रोनी सूरत बना कर मुस्कुराया।

"हां, कम-से-कम अभी तो ऐसा ही है।" अर्नि ने दरवाज़ा बंद करते हुए मुस्कान दी।

उलझन सुलझ गई।

उस रात... प्यार ने स्पांजबॉब बॉक्सर्स के बावजूद मंज़िल पा ही ली...

रात के 12.30 बजे

आपके इनबॉक्स में एक सिंगल मैसेज। एक नोटीफिकेशन। फेसबुक स्टेटस। उसकी पोस्ट में आपका नाम! वह ख़ास इंसान आपकी वॉल पर कुछ पोस्ट कर रहा है।

इस तरह तो आपका दिन सफल हो जाएगा, है न, पर शादाब के मामले में यहां रात है।

तो जब भी अगली बार मैं किसी उलझन में फंसी, तो जानती हूं कि किसे फ़ोन करना होगा... शादाब परवेज़। शादाब ने अर्नि के स्टेटस में यह लिखा देखा। वह डिनर के बाद फेसबुक खोल कर बैठा था। कुछ लाइक्स, कुछ कमेंट्स; वे भी दिखाई दे रहे थे।

तो कल पूरे स्कूल के पास चर्चा के लिए मसाला हो जाएगा।

वह उसे बीबीएम मैसेंजर पर पिंग करता है। कलर्ड बैरी के साथ आपसी बातचीत काफ़ी किफ़ायती हो जाती है।

तो मुझे लगता है कि अब तुम्हें अपने स्पीड डायल पर मेरा नंबर ले लेना चाहिए।

उसने बहुत सोचने के बाद पहला मैसेज टाइप किया। पहला मैसेज बहुत मायने रखता है। यदि सही शब्दों का चुनाव किया जाए, तो आने वाले सौ मैसेज का रास्ता साफ़ हो जाता है।

तीन मिनट। एक सौ अस्सी सैकेंड। फिर इमोशंस का रोलर कोस्टर। उसके सैल के स्क्रीन पर झिलमिल दिखी। वह पलंग पर पलटा और जवाब पढ़ा।

हा हा!! इसका मतलब है, तू चाहता है कि मैं हमेशा मुश्किलों में पड़ती रहूं!

मेरी नानी को लगता है कि हम दोनों के बीच कुछ चल रहा है।

वह पलंग पर कूदा और उठ बैठा। कार्डलैस उठाकर रीतेश का नंबर मिलाया।

"अलीशा को कॉन्फ्रेंस में डाल और फालतू सवाल मत पूछ।" उसने कॉल का जवाब आते ही झट से कहा। रीतेश ने जमुहाई लेते हुए कहा, "ठीक है।" और फिर अलीशा का नंबर मिला कर उसे कॉन्फ्रेंस कॉल में शामिल कर लिया।

अलीशा : हाय मार्शमैलो! मुझे मिस कर रहे थे?

रीतेश : ओए अलीशा!!!!

शादाब : हा, हा, हा! यह तेरे को मार्शमैलो कहती है... हा हा हा... अलीशा!!!

अलीशा : ओह... हाय परवेज़!

रीतेश : हां... यह एक कॉन्फ्रेंस कॉल है... ख़ैर शादाब! तूने हमें क्यों जगाया?

अलीशा : मैं तो नहीं सो रही थी।

रीतेश : पर तूने तो कहा था कि तू सोने जा रही है... कुछ देर पहले की बात है।

अलीशा : हां... पर अब नींद नहीं आ रही थी।

रीतेश : तो मुझे फ़ोन कर लेती।

शादाब : दोनों अपनी ही मारे जा रहे हो। पहले मेरी मुश्किल हल करो।

रीतेश : हां बोल!

अलीशा : हां!

शादाब : ओ. के.... मैं अर्निका से बीबीएम पर चैट कर रहा था।

रीतेश और अलीशा : दोबारा नहीं!!!!! हम शाम से उसकी ही बातें सुनते आ रहे हैं। बस और नहीं!!!!

शादाब : भाड़ में जाओ दोनों!... स्वार्थी कहीं के... ख़ैर सुनो!!! मैं उससे बात कर रहा था और उसने मुझे मैसेज किया कि उसकी नानी के हिसाब से हम दोनों के बीच ... कुछ चल रहा है... साइन तो अच्छे हैं... उसका मैसेज आए पांच मिनट हो गए हैं... मुझे जल्द से जल्द उसे जवाब देना है... मैं क्या मैसेज दूं?

रीतेश : मेरे हिसाब से... मेरे हिसाब से... मुझे तो नींद आ रही है।

शादाब : दफ़ा हो जा!

अलीशा : चिल परवेज़... तू आगे बढ़... गे बनने की एक्टिंग मत कर!

रीतेश : डूड!!! वो एक लड़की है... और हमें तो प्रोग्राम ही ऐसे किया गया है कि हम उन पर राज़ कर सकें।

अलीशा : रीतेश मैं हम दोनों के पिछले तीन सालों से चले आ रहे रिलेशन की कद्र करते हुए कहती हूं कि मैंने तेरी बात नहीं सुनी।

शादाब : क्या दोनों शांत रहोगे? मुझे अगले लीप ईयर से पहले जवाब देना है।

अलीशा : ओ. के.... पहले सांस ले... अब जो मैं कहूं... उसे टाइप कर।

शादाब : ओ. के. बोल!!!

अलीशा : *हैरानी की बात है न कि मैं और तुम्हारी नानी एक-सा सोचते हैं।* इसके साथ ही एक गूढ़ स्माइल का साइन भी बना दे।

शादाब : हो गया।

रीतेश : अब क्या हम सो सकते हैं?... मुझे फुटबॉल की प्रेक्टिस के लिए उठना भी है।

शादाब : मर कहीं जा के! अलीशा, मैं तुझे सीधा फ़ोन करता हूं।

रीतेश : हां... मैं कुछ देर तो रुक ही सकता हूं।

अलीशा : हा हा हा रीतू! कितना असुरक्षित महसूस करता है।

रीतेश : दोबारा रीतू मत कहना!!!!!

अलीशा : ओ. के. रीतू!!

शादाब : गाईज़... उसका जवाब आ गया।

रीतेश : और मैंने पाद दिया।

अलीशा : इसकी बकवास मत सुन परवेज़... उसने क्या कहा?

शादाब : ठीक है... मैं मैसेज पढ़ता हूं... *कहीं तुम सो तो नहीं गए? ख़ैर मेरी नानी यह भी सोचती हैं कि प्यार करने के लिए यह वक्त सही नहीं है... यह तो पढ़ाई करने के साल हैं।*

रीतेश : हा, हा, हा डूड... ये तो किलर है!!!!

अलीशा : हां, तुझे तो लाजवाब कर दिया।

शादाब : अब मुझे क्या कहना चाहिए? यह इतनी तेज़ दिमाग़ क्यों है?

रीतेश : मुझे लगता है कि हम सबको सो जाना चाहिए...

अलीशा : मैं तुझे फ़ोन करती हूं, शादाब। तू सो जा रीतू!!

रीतेश : रीतू मत बोल।

शादाब : तुम्हें पता है? दोनों ही हठेले हो, जो जी में आए करो। मरो!!!!

उसने फ़ोन काटा और पलंग पर गिर पड़ा।

तुम यह सब कैसे संभालोगी? उसने टाइप किया

क्या संभालना है? जवाब आया

मेरे हर बढ़ते क़दम को रोकना। शादाब जानता था कि वह दांव खेल रहा था।

हा, हा, हा खिलाड़ी को क्या हुआ?????

अर्नि को लगता है कि वह एक प्लेयर है। नेगेटिव। कितनी नेगेटिव बात है।

उसने मायूसी में तकिए पर घूंसा जमाया। उसे दिमाग़ से कुछ तो निकालना ही होगा। रुचि, स्नेहा, कृति, उर्विका और रिया सबके साथ तो बात बन जाती थी।

मैसेज भेजते ही शादाब ने कल्पना कर ली कि उसे देखते ही अर्नि के चेहरे पर मुस्कान आ जाएगी। उसे पता था कि उसने जबरदस्त जवाब भेजा है।

एक मिनट। दो दर्दनाक मिनट। तीन बहुत ही दर्दनाक मिनट।

पांच बर्दाश्त से बाहर मिनट। दस महाभयंकर मिनट और कोई जवाब नहीं आया।

अगर कोई और मैसेज भेजा या फ़ोन किया, तो वह चीप और बेवकूफ़ लगेगा। उनकी ही तरह, जिन्हें वह नकार चुकी है।

फिर बीस मिनट बीत गए। बिस्तर में क़रीब सौ बार करवटें बदली गईं। हज़ारों बार सैल को अनलॉक करके जवाब की तलाश की गई।

कल्पना करें कि एक नंगा लड़का रस्सी से बंधा, एक ऐसे पूल के ऊपर झूल रहा है, जिसमें बिकनी बालाएं भरी हैं और किनारों पर बेब्ज़ उसे गोद में बिठाने के इशारे कर रही हैं... बीयर क़ी भी कमी नहीं है और वह भी मुफ़्त में... वह उस गरमाहट को महसूस कर सकता है। पैशन!! पर फिर भी बेबस है। बेचैन है!!! शादाब भी इस समय ऐसा ही महसूस कर रहा है।

अचानक उसके दिमाग़ की बत्ती जली और उसने पलंग से कूद कर टी-शर्ट पहनी, स्लीपर्स डाले, डिओ छिड़का, थोड़ी गम चबाई, बालों में कई बार हाथ फिराया, अपने कमरे से बाहर आया, दबे पांव मॉम-डैड के कमरे के सामने से निकला, अपनी कार की चाबियां उठाईं और हमेशा की तरह गार्ड को टिप दी। कार में बैठ कर हैंडब्रेक फ्री की, क्लच दबाया, गियर डाला और गार्ड से कह कर गाड़ी को थोड़ा धक्का लगवा लिया, फिर वह गाड़ी चला कर फूलों की दुकान तक गया, जो चौबीस घंटे खुली रहती है।

"ओह... हैलो!"

अर्नि ने मोबाइल पर चमक रहा नाम देखा और कुछ रिंग्स के बाद जवाब दिया। रात के सवा दो बज रहे थे।

"सुनो... तुम्हें जगाने के लिए सॉरी!!! मुझे पता है कि तुम्हें इस समय फ़ोन नहीं करना चाहिए था... पर करना पड़ा... मेरा मतलब है कि मैं करना नहीं चाहता था... पर मेरा मतलब है...।" शादाब माफियां-सी मांगने लगा।

"शादाब... चिंता मत कर... मैं भी जाग रही थी।" उसने उसकी बात काटी।

"ओह!" बस, यही जवाब आया।

"तो... तो तुम कहां हो?" उसे लगा कि उसका गला सूख रहा था।

"हो सकता है कि सुनने में तुम्हें अजीब लगे, पर इस समय मैं घर पर ही होती हूं।" अर्नि ने टाइम देखा। रात के पौने तीन बजे थे और अगले दिन स्कूल था।

उसने थोड़ा रुक कर पूछा "तू ठीक तो है?"

"मैं... हां... नहीं... बेहतर हूं... मतलब ठीक हूं....।" उसकी ज़बान लड़खड़ा रही थी और दिल की धड़कन तेज़ हो रही थी।

"पक्का! तू बैठा कहां है? कुछ कर रहा है?"

"नहीं, अभी स्कूल जाने में तो छः घंटे हैं।" शादाब ने सामान्य दिखने का प्रयास किया।

"तेरे पीछे शोर कैसा है? क्या तू कार में है?...."

"हां... तुझे कैसे पता लगा?" उसने पलटवार किया।

"इंजन की आवाज़ से... ऐ, सुन रुक।" वह पलंग से उतरी और खिड़की का पर्दा हटा कर बाहर झांका।

"तू बाहर है...?" वह ज़ोर से बोली और फिर यह याद आते ही सेंसेक्स की तरह सुर नीचा कर लिया कि पास वाले कमरे में नानी सो रही थीं।

"हां... ओह... मैं पास से ही गुजर रहा था... सोचा... रुक कर तुम्हें हाय कह दूं।" उसने बड़े ही लगाव से कहा।

"हाय! रात के पौने तीन बजे?"

"सुन... हो सकता है कि सुनने में भले ही ग़लत और विचित्र लगे... पर क्या तू पांच मिनट के लिए बाहर आ सकती है?" वह धीरे से फुसफुसाया।

"नहीं।" अर्नि साफ शब्दों में बोली।

"प्लीज़... ज़रूरी काम है।... मैं सो नहीं पाऊंगा... सही कह रहा हूं।" शादाब के सुर में विनती झलक रही थी।

अर्नि को अंदाजा था कि इसके बाद क्या होने वाला था। यही वजह थी कि उसने शादाब के मैसेज का जवाब नहीं दिया।

हालांकि फ़ोन की उस बातचीत के बाद दिल, जो तेज़ी से धड़का था, वह लगातार यही कह रहा था कि बस, पांच मिनट से ज़्यादा इंतजार मत करना।

उसे शीशे के सामने ज़्यादा देर तक खड़ा होना पसंद नहीं है, पर आज काफ़ी सोच-विचार कर जब उसने तय किया कि रात के पजामे और टी-शर्ट में ही मिलेगी, तो लाइटें जलाने के बाद उसने शीशे के सामने

दो-तीन मिनट लगाए। बाल सैट किए। कुछ लटें आंखों पर गिरने दीं। उसने पढ़ा है कि इससे हालात थोड़े और रोमानी हो जाते हैं।

उसने धीरे से कमरे का दरवाज़ा बंद किया और नानी के कमरे के बाहर आ कर दरवाज़े से कान लगा दिए।

खर्राटे! मधुर संगीत!

वह तेज़ी से मेन गेट की ओर गई और उसे खोल दिया। जब देख कर तसल्ली हो गई कि कोई पड़ोसी बाहर नहीं है, उसने बड़े ही धीरज और तरीक़े से साइड गेट खोला और फिर बड़े ही आत्मविश्वास से चलती हुई उसकी गाड़ी तक आ गई।

शादाब ने अर्नि को इतने आत्मविश्वास के साथ आते देखा, तो यही सोचने लगा कि क्या वह अक्सर ऐसा करती रही है? उसने उसके लिए गेट खोल दिया और अर्नि कार में बैठते ही मुस्कुराई बेवजह, बस भावनाएं जाग गईं।

उसने कार को उसके घर के थोड़ा आगे ले जा कर खड़ा कर दिया। वहां पीपल का बड़ा पेड़ था। इतना बड़ा कि उन पर किसी की नज़र न पड़ती। यहां तक कि आवारा कुत्तों की भी नहीं, जो ख़ुद को रात के बादशाह समझते हैं।

शादाब ने उसे देखा, तो विंडशील्ड से हलकी चांदनी भीतर झांकने लगी।

धीमा संगीत। उसकी मनपसंद सीडी चल रही है।

वह नीचे देख रही है।

"ये बॉक्सर्स अच्छे हैं... हूं... स्पांजबॉब्स।" उसने अचानक कहा और दोनों की जबदरस्त हंसी छूट गई इस बात ने मूनलाइट मूवमेंट का कत्ल कर दिया।

वह थोड़ा शर्मसार होते हुए बोला "थैंक्यू!"

यह एहसास होते ही शादाब के पूरे शरीर में बिजली-सी दौड़ गई कि अर्नि ने उसकी लगभग अधनंगी बालों से भरी टांगें देख ली थीं और नतीजा थोड़ा हारमोनल हो गया, हालात ही कुछ ऐसे हैं।

"अर्निका!" वह पल-भर के लिए रुका। "एक बात है, जो मैं तुमसे

हमेशा छिपाता आया हूं... और... आज मुझे इस मामले में तुम्हारी सलाह लेनी है।" उसने बड़े ही अंदाज़ से अपनी जांघों पर हाथ रख लिया, समझ गए न कि वह क्या छिपाना चाह रहा था।

अर्निका ने हलकी-सी उलझन के साथ पूछा "क्या?" और फिर अपने घर की ओर देखने लगी। दरअसल अभी उसने इस तरह रातों को छिप कर घर से निकलना नहीं सीखा।

"तुम भी जानती हो उस लड़की को..." फिर थोड़ी हिचकिचाहट के साथ बोला, "... मुझे लगता है कि मैं उसके प्यार... समझ नहीं आ रहा कि उससे कहूं या नहीं... उसकी दोस्ती मेरे लिए उतने ही मायने रखती है, जितने कि लड़कियों के लिए टैडी बीयर।"

"ओह!" अर्नि के भीतर जैसे भाव उमड़ पड़े। दूर कहीं एक कुत्ता भौंक रहा था और वह अपने दिल के अंदर हो रही हलचल से लड़ने के लिए दूसरी ओर देखने लगी।

उसने मिल्स एंड बूंस पढ़ा है, जहां लड़के हमेशा अपने पक्के दोस्त से लड़कियों की बातें करते हैं? तो क्या वह सिर्फ़ उसके लिए एक दोस्त है?

"अर्निका... अर्निका।" उसने उसका ध्यान अपनी ओर दिलाने के लिए दो बार हौले से नाम पुकारा।

"हां..." उसने मुश्किल से पलकें झपकाईं।

"तो ... तुम क्या सोचती हो?" उसने पूछा।

"मेरे हिसाब से तुम्हें उसे बता देना चाहिए।" उसने आधे मन से कहा।

हलकी-सी उम्मीद अब भी है कि जो नाम शादाब के दिल में छिपा है और रेशमी होंठों से भी वही निकलेगा, जो सामने लगे शीशे में दिख रही छवि का है।

"तुम पक्का कह रही हो?" शादाब ने फिर से पूछा।

"हां... क्या तुम्हें मुझसे यही पूछना था... सच्ची?" इतनी छोटी-सी बात के लिए आधी रात को उठ कर आ गए...।" आवाज़ में हलकी खीझ का पुट।

शादाब ने बड़ी मुश्किल से होंठों के कोरों तक आ चुकी मुस्कान को फैलने से रोका।

"हां..., तो ड्राइव पर चलोगी? या फिर एक कॉफी?" उसने बात बदली।

"नहीं," वह झट से कार खोल कर उतर गई, "बेहतर होगा कि मैं वापिस जाऊं। रात को इतनी देर तक बाहर रहना मेरे हिसाब से ठीक नहीं है।"

वह हलका-सा मुस्कुराया और कहा, "ठीक है, मैं उसे कहने जा रहा हूं।"

"कूल!" कह कर अर्निका अपने घर के मेन गेट की ओर चल दी। जैसे ही उसने गेट खोला, तो उसके फ़ोन पर बीप की आवाज़ हुई, वह डर के मारे अधमरी हो गई, क्या फ़ोन नानी का था? उसने पीछे मुड़ कर देखा तक नहीं कि शादाब है या गया। धीरे से फ़ोन ले लिया।

अक्सर टेंशन हो तो ऐसा ही होता है।

उसने देखा, शादाब का मैसेज था। 'पीछे मुड़!'

उसने मुड़ कर देखा, मानो कोई मज़ाक हो, पर जैसे ही शादाब हाथ में गुलाब का फूल लिए घुटनों के बल बैठा दिखा, तो वह शर्म से लाल हो गई।

ऐसे ही कुछ पल होते हैं, जिन्हें आप अनदेखा नहीं कर सकते। तूफ़ान से पहले आती धीमी हवा। पहली लहर से पहले की शांति। एक चुप्पी, जैसे कोई नाबालिग लड़की अपना प्रेगनेंसी टेस्ट कराने जा रही हो।

वह उसे बड़ी उम्मीद से देख रहा है। वह ऐसे सुन्न हो गई है, मानो कोमा में चली गई हो।

"ओ. के... वैसे मुझे कहना नहीं चाहिए, पर मेरा घुटना दुख रहा है...।" उसने धीरे से कहने की कोशिश की।

वे दोनों ही ज़ोरों सें हंस दिए।

मीठी हंसी। अलग-अलग हंसी। एक ऐसी हंसी, जो आने वाले अच्छे दिनों का संकेत दे रही है।

5

तो तुमने अपनी पहली डिनर डेट पर क्या बातचीत की?... तुम्हारे एक्स या उनकी किस करने की खूबियां, वेटर के नितंब या एक लेडीज़ रूम में क्या होता है?... ख़ैर... ये सब तो ऐसे ही चलता है...

27 जुलाई 2009

मेनलैंड चाइना। चाइनीज़। काफ़ी महंगा चाइनीज़। उसका मनपसंद। उसने पता लगा ही लिया। उसके फेसबुक प्रोफ़ाइल से पता चला। सोशल नेटवर्किंग के भी अपने ही फ़ायदे होते हैं।

रात के 8.45। वह रेस्त्रां के बाहर क्रिस्प काली फ़ॉर्मल शर्ट और फेडिड जींस पहने खड़ा इंतज़ार कर रहा है, उसके पापा की टिसॉट वाच तो यही टाइम दिखा रही है। काफ़ी चिरौरी करने पर मिली है।

आज की रात कुछ ख़ास है। बहुत ही ख़ास!

आख़िरकार अर्निका एक डिनर डेट के लिए मान ही गई। उनकी पहली डिनर डेट!

उसकी मॉम को यही पता है कि वह अलीशा और उसके कज़िन के साथ डिनर पर जा रही है, जो कनाडा से आई हैं। अक्सर वह झूठ नहीं बोलती, पर वह मॉम को सब बताने से पहले, उसके बारे में, उन दोनों के बारे में; किसी ठोस नतीजे पर पहुंचना चाहती है। अतीत बड़ा

ही बेरहम रहा है। यहां भी वही मामला है कि दूध का जला छाछ भी फूंक-फूंक कर पीता है।

ठीक दस मिनट बाद अलीशा की कार रेस्त्रां के ठीक सामने आ कर ठहरती है। रीतेश कार चला रहा है। अलीशा उसके साथ बैठी है, जबकि उसकी कज़िन पीछे बैठी हैं।

वह अर्निका की तलाश में कार के अंदर झांकता है।

अलीशा उसकी पसली में पोक करते हुए अपनी हंसी से पूरी कार गुंजा देती है, "यार! पहले एक 'हाय' कर लेना ठीक नहीं होगा?"

"हम इसे यहां से 10.30 ले लेंगे," रीतेश ने कहा और अलीशा ने फिर से चुटकी ली, "कृपया ध्यान दें, यह एक सार्वजनिक स्थान है और पीडीए का आइडिया भी इतना बुरा नहीं है।" अर्निका के कार से बाहर निकलते ही सबकी हंसी के फव्वारे छूट पड़े।

एक-दूसरे से गले मिले, वन पीस वह भी ऑफ शोल्डर। घुटनों तक। शादाब के पांव तले तो जैसे ज़मीन ही खिसक गई।

"हाय!" उसने कहा और कानों के पास आई लटें फिर से पीछे झटक दीं।

"तुम बहुत सुंदर लग रही हो।" उसने हांफते हुए कहा। वक्त कहीं थम गया है। उसके लिए तो वाकई ऐसा ही हुआ है।

वह बदले में मुस्कुराई और अपने हाथ को उसकी ठुड्डी के पास ला कर खुला हुआ मुंह बंद कर दिया। "ओह! आई... एम सॉरी!" वह धीमे से बुदबुदाया और एक भद्र पुरुष की तरह उसे ले चलने के लिए बांह आगे कर दी। "चलें क्या?" हालांकि वह उसकी आंखों से आंखें नहीं मिला पा रहा था।

उसने भी उसकी बांह में अपना हाथ डाल दिया और उसकी नज़रों को अनदेखा करते हुए रेस्त्रां की ओर बढ़ गए। वैसे उसी समय दोनों ही अलग-अलग दिशाओं में देख रहे थे।

होस्टेस उन्हें उनकी मेज़ के पास ले गई, जो कि पहले से ही रिज़र्व थी।

गज़ीबो के अंदर।

लोगों की तीखी नज़रों से परे।

मोमबत्तियों और महंगी सिगनेचर कटलरी के बीच।

इन सबकी कीमत अदा करने के लिए उसे कम-से-कम दो सप्ताह तक घर का बना भोजन ही खाना होगा और रीतेश से लिफ्ट लेनी होगी। पैट्रोल महंगा जो आता है, पर प्यार पर तो सब कुर्बान है।

वे दोनों बैठ गए।

"बोतल का पानी।" उसने धीमे से वेटर को कहा।

"क्यों?... हम रेगुलर पानी पी सकते हैं।" उसने मॉम को मैसेज करते-करते एकदम कहा और उसकी बात में दम था।

वह तो वहीं चारों खाने चित्त रहा। शायद वह पहली लड़की थी, जो इतनी किफ़ायत से सोचना जानती थी। सही में बोतल सौ रुपए की थी। चलो, बचत हो गई।

"ओ.के... आप सादा पानी ही ला दो।"

वेटर के माथे पर एक त्यौरी दिखी और फिर वह दो पल में ही मेन्यू कार्ड, दो गिलास व पानी से भरे जग के साथ हाज़िर हो गया।

वह ड्रिंक मेन्यू शादाब के हाथ में और खाने का मेन्यू अर्निका के हाथ में देता है, जैसे कि अक्सर होता है।

वह सावधानी से गिलास से घूंट ले कर मेन्यू कार्ड पर नज़र मारती है। वह ड्रिंक मेन्यू पर नज़र मारते हुए मन-ही-मन तय कर रहा है कि बीयर मंगाए या कोक। वैसे उसे अपने अच्छे इंप्रेशन पर भी तो ध्यान देना है।

"तुम क्या लेना चाहोगे?" दोनों ने एक-दूसरे से एक ही वक्त पर एक ही सवाल पूछा।

और वे दोनों बेहताशा हंसने लगे। वेटर को इस बचकानेपन पर अंदर से काफ़ी खीझ हुई।

"तुम बताओ।" वह बोली।

"नहीं, तुम कहो।" उसने पलटवार किया।

"ओ.के... स्टार्ट्स?" उसने पूछा।

"जो भी तुम कहो।" उसने भी जवाब दिया।

"तो पालक का सूप कैसा रहेगा?" उसने बिल्कुल मुंह उठा कर कहा, जबकि यह नाम सुनते ही शादाब के पेट में उथल-पुथल होने लगी। उसने जबरन मुस्कान दी और अर्निका ने कनखियों से उसे निहारते हुए वेटर को दो सूप लाने को कहा।

"और चिकन डिमसुन और चॉकलेट स्प्रिंग रोल्स।" उसने साथ ही कहा। शादाब ने चैन की सांस ली। चलो यह तो नॉर्मल फूड है।

"तो आप ड्रिंक में क्या लेना चाहेंगे?" वेटर ने पूछा।

"हार्ड या सॉफ़्ट?" शादाब ने अपनी गर्दन झुकाई और बड़ी नटखट अदा से पूछा।

अर्निका ने गोल आंखें घुमाते हुए उसे वेटर की मौजूदगी का एहसास दिलाया और वे दोनों ही मुस्कुरा दिए। वह धीरे से बोली, "सिक!"

"मेरे लिए एक डाइट कोक" वह बोला

"ठीक है, मैं हैनीकिंस लाइट लूंगी।"

दोनों लड़कों ने उसे हैरानी से घूरा। वेटर ने। ब्वायफ्रेंड ने।

वह वेटर के जाते ही मुस्कुराई।

"तो... आंटी कैसी हैं?" शादाब ने अपनी जांघों पर नैपकिन फैलाते हुए पूछा। मैनर्स तो पूरे हैं। अर्निका ने मन-ही-मन तौला।

"वह ठीक हैं... पर इस यू एन के काम ने उनका दिमाग़ परेशान कर रखा है और वह मुझे भी परेशान कर देती हैं।" वह मुस्कुराई।

"और मुझे इन दोनों क्रेज़ी लड़कियों से एक साथ मिलने का मौका कब मिलेगा?" शादाब ने कह तो दिया, पर वाक्य पूरा होने से पहले ही उसे अफसोस होने लगा कि उसने ऐसा क्यों कहा?

एक अटपटी-सी खामोशी।

"मेरा... मतलब था..." वह माफी का मुज़रा करने ही वाला था कि उसकी हंसी ने शब्दों को दबा दिया। काफ़ी समझदार है। शादाब ने मन-ही-मन तौला।

"जल्दी... बहुत जल्दी और मुझे पूरा यक़ीन है कि तुम उन्हें अच्छी तरह संभाल भी पाओगे।" फिर वह बोली।

वेटर उनके लिए ड्रिंक्स ले आया। उसने अर्निका की ओर बोतल की

ताकि वह टैंपरेचर देख ले। अर्निका ने शादाब की ओर इशारा कर दिया। उसके चेहरे पर एक दिपदिपाती मुस्कान थी।

एक दूसरे को अहमियत देना। एक बार फिर से मैंटल नोट लिया गया।

अर्निका ने वेटर से कहा कि वह पहले सूप ले आए।

"तो अर्निका... मैं तुम्हारी मॉम को कैसे संभाल पाऊंगा...?"

"क्योंकि वे...।" अर्निका को बात रोकनी पड़ी। वेटर सूप ले आया था।

उसने सूप परोसा। पॉश हॉस्पिटल क्वालिटी। पालक। अस्पताल। फुल पॉवर।

अर्निका ने झट से उसकी ओर निगाह डाली, ताकि उसके हाव-भाव जान सके। चेहरे पर मुर्दनी छाई थी। वह सूप से एक घूंट भर कर बोली – "यम्ममममम!"

शादाब ने उसके शब्दों को गौर से सुना और उसकी मन-ही-मन नकल उतारी। उसे भी उतने ही उत्साह से रिएक्ट करना होगा, वरना चोरी पकड़ी जाएगी कि पालक के सूप से ही उसे उबकाई आने को हो रही है।

अब अर्निका ने कुछ गंभीर होते हुए कहा, "पता है, शादाब,"

उसने फूडपाइप से नीचे उतरते सूप को मुश्किल से गटकते हुए कहा, "हां।"

"नहीं, तुम्हें यह सब करने की ज़रूरत नहीं।"

"क्या मतलब?" उसे खांसी होने लगी।

"मैं कहना चाहती हूं कि तुम केवल इसलिए यह सीवेज के रंग का सूप मत पीओ कि यह मुझे अच्छा लगता है।"

वह सूप पीते-पीते रुक गया, "मैं... मैं...।" कुछ कहने को शब्द ही नहीं सूझ रहे थे।

अर्निका भी अजीब है। शायद पीरियड्स का नतीजा है। उसने मन-ही-मन सोचा।

वह उसका हाथ हलका-सा दबाते हुए बोली, "मेरा मतलब है कि मैं नहीं चाहती कि तुम मेरी वज़ह से खुद को बदलो... तुम डाइट कोक

मंगा कर मुझे इंप्रेस नहीं कर सकते, जबकि हम दोनों जानते हैं कि तुम्हें बीयर भी पीनी है...”

वह झेंपते हुए मुस्कुराता है, ठीक उसी तरह जब मां अपने नन्हे राजकुमार को लेडीज़ रूम में ले जाती है, क्योंकि पापा के वहां न होने की वजह से और कोई उपाय भी नहीं है।

“वैसे भी, पहले कुछ बातें बिल्कुल साफ़ हो जाएं।” उसकी आंखें सिकुड़ गई।

वह जब भी कुछ जबरदस्त बात कहना चाहती है, तो उसके चेहरे पर कुछ यही भाव होते हैं।

“यह रिलेशनशिप... इसकी एक लिमिट भी होनी चाहिए... मैं तुम्हें बहुत स्पेशल मानती हूं... पर... मैं नहीं चाहती कि यह हम दोनों के लिए एक बोझ बन जाए।”

उसका मुंह अचानक बकबका-सा हो आया। यह सूप का स्वाद नहीं है। वह सब कुछ बड़े ही धैर्य से सुन रहा है और हज़म भी कर रहा है और सब कुछ सह रहा है। ऐसा लग रहा है, मानो मुंह में नमक के बड़े-बड़े डले घुल रहे हों।

“मैं तुम्हारे लिए जो महसूस कर रही हूं... वह तुम्हारे लिए कभी महसूस नहीं किया।” वह कहती रही और वह मुस्कुराता रहा।

“पर...।” उसने फिर से बात में बाधा दी। मुस्कुराहट वहीं सूख गई

“मैं नहीं चाहती कि इसका असर हमारी पढ़ाई पर हो... हमारे कैरियर प्लांस... न्यूयॉर्क या तुम्हारे कॉलेज,” उसने बात ख़त्म की और वेटर को बीयर खोलने का संकेत दिया।

उसे एक बड़ा घूंट चाहिए और शादाब को शायद कई दर्जन बड़े घूंट! बात ही इतनी भारी-भरकम हो रही है। क्या करें!

“क्या... मुझे भी एक फटाफट मिल सकती है,?” उसने अर्निका के लिए बीयर खोल रहे वेटर से कहा। दो मिनट बाद ही दोनों के सामने बीयर आ गईं वह एक बड़ा-सा सिप भरता है।

बीयर पेट में जाते ही आवाज़ का सुर बदल जाता है। होता है-होता है!

"मैं जानता हूं कि तुम क्या कहना चाहती हो... बस मैं तो यही चाहता हूं... मतलब मैं तुम्हें खोना नहीं चाहता।" उसने कहा और धीमे से हथेली दबा दी।

"नहीं... ऐसा नहीं होगा... पर मैं यह कह रही हूं कि हम इस रिलेशनशिप को आगे ले जाने की कोशिश तो करेंगे पर... अगर यह हालात आए कि हमारे बीच प्यार न रहा तो... हमारी दोस्ती फिर भी कायम रहेगी।" वह अपना हाथ उसके हाथ पर रख देती है।

"नहीं... हमारे बीच ऐसा कभी नहीं होगा... मैं तो हमेशा से ही एक अच्छा ब्यायफ्रैंड रहा हूं," शादाब बोला।

"हमेशा?" उसने भौं नचाई और एक सिप लेते हुए बोली, "कितनी लड़कियों के लिए?"

सूप वहीं मन मसोस कर पड़ा रहा।

"अच्छा देखते हैं...," उसने चिबुक खुजलाई और कुछ गिनने की एक्टिंग करते हुए आंख दबाई, "यार! गिन नहीं सकता।"

अर्निका ने झट से पलटवार किया, "मैं तो आसानी से गिन सकती हूं – राहुल... विक्रम... अजीत।" चोट गहरी लगी।

शादाब ने बीयर केन से एक और सिप लिया।

"और मैं मज़ाक कर रही हूं...। सिर्फ़ विक्रम था और तुम उसके बारे में पहले से जानते हो।" अर्निका बोली।

"और तुम रिया के बारे में पहले से जानती हो।" उसने बचाव में कहा।

"पूरी तरह नहीं... बस इतना पता है कि वह मुझे पिछले महीने से कुछ अलग ही तरह की लुक दे रही है।"

"रिया...।" उसने एक गहरी सांस भरी "वे होंठ... गॉड! मैं उन्हें मिस करता हूं।" बस यही देखना चाह रहा था कि अर्निका इन बातों से तपती है या नहीं?

"मुझे पता है कि तुम क्या देखना चाहते हो।" यह सुन कर तो शादाब हैरान रह गया।

अर्निका ने बड़े ही सपनीले अंदाज़ में कहा, "विक्रम भी एक टंग-टीज़र था।"

"ओए!" शादाब ने करारी मात खाई।

"याह!" अर्निका ने बड़ा सीधा जवाब दिया।

वह मुस्कुराया। वह वही तो है, जिसे वह हर लड़की में आज तक खोजता आया था। कॉफी। कम चीनी। एडिक्टव।

"आज तुम बहुत सुंदर लग रही हो।" उसने टॉपिक बदलने की गरज़ से कहा।

"क्यों तुम्हें कुछ-कुछ हो रहा है, क्या?" वह कुछ शरारती मूड में आ गई।

"वाशरूम वहां ठीक नीचे है... मैं हमेशा सोचता आया हूं कि वहां... प्राइवेट केबिन्स के सिवा क्या होता है...।" वह शरारत की हद तक जा पहुंचा और उसने अपना नैपकिन उस पर चला मारा।

"हे!" उसने नैपकिन को गच्चा दिया और पास वाली मेज़ पर बैठा अधेड़ जोड़ा मुस्कुराने लगा। ताज़ा-तरीन प्यार की यादें। बस, यादें!

वे एक-दूसरे से बातें कर ही रहे थे कि मेन कोर्स का ऑर्डर लेने एक नया नौजवान वेटर आ गया।

अर्निका उसे सिर से पैर तक निहारती है। शादाब वैसे तो मेन्यू में उलझा है, पर कनखियों से यही देख रहा है कि क्या हो रहा है?

उसने अर्निका को वेटर को जाते समय भी घूरते देखा, तो पलट कर पूछा, "क्यों दिल आ गया क्या?"

"हां... पट्ठा काफ़ी जवान है। तुम अपनी कहो?" वह एक तिरछा कोण-सा बनाते हुए पास खिसक आई।

"कुछ एहसास भी है, तुम अपने ब्वायफ्रेंड से बात कर रही हो।" उसने बड़े ही सपाट लहजे में कहा।

"हां," अर्निका ने आंख दबाई।

"पता है... तुम्हारा सोचने का तरीक़ा... उन लड़कियों जैसा नहीं है, जिनसे मैं अब तक मिलता आया हूं।"

"तेरा ही नुक़सान है... अगर तुझे लगता है कि मैं भी उन लड़कियों

में से हूं, जो हमेशा फेवीकोल की एड करते हुए आशिक़ के सीने से ही चिपकी रहती हैं... अब भी वक्त है... तू जा सकता है... मैं बिल दे दूंगी।"

"तू ही क्यों? मैं तुमसे दो गुना ज़्यादा आसान तरीक़े से यह काम कर सकता हूं।"

"ना... मैं पहले से किस किए गए होंठों को किस करने के बारे में सोच भी नहीं सकती।"

"अच्छा, तो तुम मुझे किस करने की सोच रही हो?"

"पता है क्या... अगर तुमने डाइट कोक ली होती तो हालात कुछ और ही होते... मैं नहीं चाहती कि हमारी पहली किस इतनी बदबूदार हो...।" वह अचानक उठ कर मेज पर झुकी और उसके गाल पर चुंबन जड़ दिया।

चुप्पी! वे दोनों ही भौंचक्के रह गए। क्या बिंदासपन था, सोच से भी परे।

"थैंक यू!" शादाब ने कहने की हिम्मत बटोरी और इतने में अर्निका का फ़ोन बजने लगा।

"मॉम!" वह बुदबुदाई और वहां से उठ गई।

ग्रेट टाइमिंग! भारतीय मांएं! इनके भीतर भी जैसे कोई रडार लगा होता है, जब भी लड़की ऐसा कोई काम करने लगती है, जो उनके हिसाब से उसे नहीं करना चाहिए, तो उनके रडार पर संकेत आ जाते हैं। बाक़ी बची मुसीबत सैलफ़ोन पूरी कर देता है।

वह कुछ मिनट बाद लौटती है। इस दौरान खाना भी आ गया है। प्रॉन्स, फ़्राइड राइस, अमरीकन चॉप्सी, शाज़वान चिकन।

"सब ठीक है, न?" उसने पूछा।

उसने बैठते हुए कहा "हां,! पर मुझे लगता है... कि मुझे इस झूठ के बारे में उन्हें सब बता देना चाहिए... अब तो हद हो गई है।" उसने उसे कुछ फ़्राइड राइस परोसते हुए कहा।

"हां, शायद यही ठीक रहेगा।" उसने उसके परोसते हाथ को रोकना चाहा। हलका-सा स्पर्श, नज़रें टकराई। इलेक्ट्रिक। एक महीने बाद भी।

वह झट से अपना हाथ पीछे हटा लेती है। आज पहली बार जैसे वह भी एक सनसनाहट-सी महसूस करती है।

केमीकल और हारमोन अपना काम कर रहे हैं। प्यार तो अपने आप में शुद्ध भौतिकी है।

वह वेटर को संकेत करती है और उसे खाना परोसने को कहती है।

वह चुप है। वह शांत है। अक्सर अजनबी एहसासों के साथ ऐसा ही होता है। वह भी ऐसी ही भावनाओं से घिरा है। बस, फ़र्क यही है कि वह जानता है कि वह क्या महसूस कर रहा है।

"अर्निका!"

"यैस" उसका ध्यान अपनी प्लेट में पड़ी झींगी पर है।

शादाब की ओर से हलकी-सी फुसफुसाहट आई, "आई लव यू!" यह आवाज़ अर्निका के लिए बहुत मायने रखती है।

अचानक!

चीख़-चिल्लाहट कोई मायने नहीं रखती।

शब्द कोई मायने नहीं रखते।

बस, भावनाएं प्रधान हो जाती हैं।

शायद यह प्यार ही तो है!

6

और उन्होंने पहली बार एक दूसरे को किस किया... चिंगारियां उड़ीं... चारों तरफ़ धुंआ फैल गया... सच यही हुआ था...

2 अगस्त 2009

आज शादाब के क़दमों में जैसे पंख लग गए हैं, उसके होंठों पर एक अनजानी-सी सीटी की धुन है, वह घर का मेन गेट खोल कर, स्कूल का बैग रास्ते में पटक कर सीधा मॉम के कमरे में जाता है।

कोई चार घंटे पहले

अर्थशास्त्र की क्लास

शादाब और अर्नि के बीच चिट पास चल रहा था।

अर्निका : मेरा दिल कर रहा है कि हेज़ल नट और बहुत सारी चॉकलेट सॉस के साथ चॉकलेट ब्राउनी खा लूं।

जैसे ही टीचर ने अपना मुंह ब्लैकबोर्ड की ओर घुमाया, तो अर्निका ने झट से वह चिट शादाब की तरफ़ फेंक दिया, जो सीधा उसके आगे बैठा है।

शादाब : मुझे चॉकलेट ब्राउनी बेक करनी आती है। स्वादिष्ट ब्राउनी!

अब टीचर का मुंह क्लास की ओर है। शादाब ने जान कर अपना पेन गिराया और उसे उठाने के लिए नीचे झुका और बीच में नक़ली खांसी की, ताकि अर्नि को चिट की पोज़ीशन पता चल जाए। अगले ही पल अर्नि का पेन गिरा और वह भी उसे उठाने के लिए झुकी।

अजीब बात है। है न अजीब!

उसने रजिस्टर से आख़िरी पन्ना फाड़ा और एक नई चिट लिखी।

अर्निका : तुम बना सकते हो... वाउ! मुझे लगता है कि मेरी मॉम को तो तुम पक्का पसंद आने वाले हो... मैंने पिछली बार उनके लिए केक बेक करने की कोशिश की थी और वह दिन ओवन का आख़िरी दिन निकला।

जब टीचर स्केयरसिटी के बारे में तरह-तरह की राम-कहानियां सुना रही थी, तो अर्नि ने चिट को शादाब की गर्दन और शर्ट के कॉलर के बीच रख दिया।

शादाब ने जैसे ही स्पर्श को महसूस किया, तो झट से गर्दन खुजाने का बहाना किया और चिट उठा ली। पढ़ कर मुस्कुराया और फिर जवाब दिया।

शादाब : मैं तुम्हें सिखा सकता हूं... तुम आज मेरे घर क्यों नहीं आतीं?... मेरी मॉम से भी मिल सकती हो... वे अक्सर तुम्हें ले कर मेरा मजाक़ उड़ाती हैं।

वह पीछे मुड़ा और अर्निका की डेस्क पर चिट रख दी, फिर उसने दिखाने के लिए पेन मांगा।

अर्निका : तुमने उन्हें हमारे बारे में बताया?

शादाब : दरअसल उन्हें ख़ुद ही पता चल गया... मेरी मुस्कान ने ही सब कह दिया।

चिट पास चलता रहा...

अर्निका : ओह... मैंने अभी मॉम से नहीं कहा... अगले हफ़्ते उनका जन्मदिन है... तुम उनके लिए सरप्राइज़ पार्टी रखने में मेरी मदद कर सकते हो... बाकी गैंग को भी बुला लेंगे और फिर मैं तुम्हें मॉम से मिलवाऊंगी।

और यही सब चलता रहा...

शादाब : वाह... हम मिल कर बेक करेंगे... बहुत सारा चॉकलेट... थोड़ी चीनी... और थोड़ी सॉस।

एक और चिट दी गई।

अर्निका : यू आर सिक!!!!

क्या अब वे रुक सकते हैं?

शादाब : तुम मुझे इसी वजह से तो प्यार करती हो।

मैंने तो हार मान ली।

अर्निका : मैं तुम्हें प्यार नहीं करती।

शादाब : ओ. के... 5 बजे ठीक है न?

अर्निका : मैंने कब कहा कि मैं आ रही हूं?

शादाब : ठीक है। 5 बजे सही रहेगा। ग्रेट!

जैसे ही शादाब अर्निका को चिट देने लगा, तो अर्निका के पास साथ वाली लाइन से एक और चिट आ पहुंची।

बानी : अर्निका... उसके साथ चिट सेक्स करना बंद कर!

अर्निका : हा हा हा... पर यार काम पूरा होने ही वाला था... क्या मैं पूरा कर लूं?... प्लीज़ बानी! हा, हा, हा!

अर्निका : ठीक है 5 बजे पक्का! शादाब... अपनी मॉम के बारे में कुछ बता... कोई ऐसी बात... जिससे मुझे मदद मिल सके!!!!!

शादाब : हुम्म... देखते हैं... बस तू इतना कर कि जैसी है वैसी ही दिखना!!!

अर्निका : तेरे डैड... क्या वे भी घर पर होंगे?

शादाब : नहीं... वे टूर पर हैं... मॉम का मूड अच्छा ही होगा।

अर्निका : और तेरी छोटी बहन... ?

शादाब : और बिट्ठल भईया, नीरा दीदी, ड्राइवर और माली... सीरियसली... अर्निका।

अर्निका : ईडियट!!!!

बानी : हा, हा, नहीं... तुम नहीं कर सकतीं।

"तो मिस बानी क्या आप पूरी क्लास को बताना चाहेंगीं कि आप

काग़ज़ के छोटे से पुर्ज़े पर लिख कर कौन-सी आवश्यक सूचना देने जा रही थीं?" टीचर ने बानी को चिट लिखते पकड़ लिया।

अर्निका : ओह शिट!

शादाब : कॉपी दैट।

अचानक रिसेस की घंटी बजी और सभी फटाफट उठ गए, बानी को चिट फाड़ने के लिए काफ़ी समय मिल गया। उफ़्फ़फ़फ़! ख़ाली पेटों की जय!!! उन्हीं ने तो जान बचा ली!

~

मॉम!! शादाब मॉम का कमरा खोलते ही चिल्लाया। वे पलंग पर बैठी अपना मनपसंद सीरियल देख रही हैं।

ग़लत टाइम! मांएं कभी भी अपने मनपसंद सीरियल के बीच दखलंदाज़ी पसंद नहीं करतीं। वैसे हर सीरियल की कहानी एक-सी होती है और जरूरी नहीं होता कि उसे पूरी एकाग्रता से देखा जाए।

पर फिर भी मॉम ने मदर और सीरियल कोड को तोड़ते हुए टी.वी. बंद किया और हैरानी से बेटे को देखा। अक्सर उनका बेटा स्कूल से सीधा उनके कमरे में नहीं आता।

"आज मेरा जन्मदिन है... या तुम अपने कमरे का रास्ता भूल गए हो?"

"वैरी फ़नी... मां... आपको पता है, आई लव यू!" उसने स्कूल के जूतों को ठोकर मार कर उछाला और पलंग पर कूदा। मां से गलबांही डाली गई।

"अब शादाब सीरियसली बता दे कि क्या बात है? पैसे... स्कूल से शिकायत... अब तो पापा को फ़ोन करने लगी हूं... हद हो गई है।" वे सैलफ़ोन उठाने लगीं।

"मॉम... कोई शिकायत नहीं है।" उसने हाथ से फ़ोन लिया और कॉल काट दी। ज़रा सोचो कि आज शाम को कौन घर आ रहा है? उसकी भौंहें ख़ुशी से नाच रही थीं।

"अर्निका!" वे अगले ही पल बोलीं।

"वाउ... आपको कैसे पता लगा?"

"क्योंकि मैं मां हूं।" वह कह कर मुस्कुराई। उसने शर्मिंदा हो कर बालों में हाथ फेरा।

"ओ. के... आज हम ब्राउनी बेक करेंगे।" उसने थोड़े से संदेह में आत्मविश्वास घोलते हुए कहा।

"तो क्या आप विट्ठल भईया को कह सकते हो कि वह किचन में सारा इंतजाम कर दें?"

"ब्राउनीज़... काश मेरे पति भी इतने ही केयरिंग होते।"

उनकी बात ख़त्म होने से पहले ही वह बोला "पर उन्होंने मुझे और मेहरीन को लाने में आपकी मदद की है।"

"और मेरी रसोई?"

मांएं अपनी रसोई पर जान देती हैं। उनके लिए यह जगह किसी तीर्थ से कम नहीं होती।

"क़सम से... हम कोई गड़बड़ नहीं करेंगे। किचन साफ़-सुथरी वापिस मिलेगी।"

"अच्छा अब जा कर कपड़े बदल और खाना खाने आ जा।" मां ने फिर से टीवी चालू करते हुए कहा। शादाब दरवाज़े की तरफ़ बढ़ा, तो वह बोलीं, "तेरे अर्थशास्त्र के टेस्ट का क्या हुआ? आज तो नंबर मिलने थे न?"

मेमोरी और मदर्स क्यों? क्यों? क्यों?

"ओह वह... मिल गए।" वह कमरे में जाने के लिए मुड़ा।

"मिस्टर कहां चल दिए। पहले नंबर बताओ।" उन्होंने फिर से टी. वी. बंद करते हुए कहा।

यह तो अच्छा लक्षण नहीं है।

"मॉम... यह तो एक क्लास टेस्ट था... मतलब"

"नंबर?"

वह बड़े कलेजे के साथ बोला, "चौदह।"

"चौदह?" अगली बार दोहराया गया यह शब्द कमरे की दीवारों से टकरा कर लौटा।

"पर सबसे ज़्यादा ही उन्नीस हैं।" उसने सफ़ाई दी।

"और किसके हैं... रिचा के?" अब उनके हाथ फ़ोन के कीपैड पर थे।

"नहीं, इस बार तो अर्नि ने बाज़ी मार ली।" शादाब की आवाज़ में गर्व का पुट था।

"तो वह तेरे साथ क्या कर रही है? लगता है कि उसने तेरे ऊपर क़ाबू कर लिया है... ओ. के.।" मां को पता है कि कौन-सी डोरी खींचनी सही रहेगी। उसका बेटा भी तो मर्दज़ात ही है न? बस, थोड़ी ईगो भरनी होगी।

शादाब ने बात को अनसुना किया और बड़ी ज़ोर से दरवाज़ा बंद किया और मन-ही-मन तय कर लिया कि अगले टेस्ट में उसके बराबर तो नंबर लाएगा ही।

उस शाम

बहुत सारा सोप। शॉवर जैल की कुछ लेयर। लूफ़ा। प्यूमिक स्टोन। शैंपू। कंडीशनर। स्ट्राबेरी फ्लेवर का टूथपेस्ट, फिर लिस्टरीन। बहन के वाशरूम से जो भी चुराया जा सकता था, वह लाया जा चुका है। उसे बिल्कुल सॉसी, स्मूदी और सेक्सी गे दिखना है।

वह बाथरूम से निकल कर तौलिया लपेट कर बाहर आया, फिर फटाफट आलमारी खंगाली। टॉमी बॉक्सर्स और ए एंड एफ़ शॉर्टस। सी के स्लिपर्स एक ज़्यादा लंबी और ढीली टॉमी हाईफ़्लायर टीशर्ट।

वह बाल संवार रहा था, जब कमरे का दरवाज़ा जोरों से पीटने की आवाज़ सुनाई दी।

"कौन है?" उसने दरवाज़े के ताले की चाबी हाथ में ले कर पूछा।

"मेरा कंडीशनर कहां है?" उसकी पंद्रह साल की बहन दरवाज़े के दूसरी ओर से चिल्लाई।

"ओ... मेरे पास नहीं है...।" उसने दरवाज़ा नहीं खोला और झूठ जड़ दिया। मेहरीन ने दरवाज़े को लात मारी।

"शादाब मुझे पता है कि तेरे पास ही है। विट्ठल भईया ने तुझे मेरे बाथरूम से लाते देखा था।... दरवाज़ा खोल... मुझे साल्सा क्लास के लिए देर हो रही है।" वह फिर से चिल्लाई।

टिपीकल बहन-भाई रिलेशन। थोड़ा खट्टा और थोड़ा मीठा।

"ओ.के. चिल... ला रहा हूं।" वह वाशरूम की तरफ़ गया, तो घड़ी पर नज़र गई, 'ओए पांच बज कर दस मिनट।' वह कभी भी आती होगी। वह यही बोलते हुए दरवाज़े की तरफ़ गया, हाथ में कंडीशनर था।

दरवाज़े पर एक और ठक-ठक हुई।

"रुक नहीं सकती क्या? ले मर।"

"हाय, शादाब!" अरे, यह तो बड़ी जानी-पहचानी आवाज़ है।

"ओह अर्निका! सॉरी... मुझे लगा कि मेरी बहन है।"

"हां... वह मुझे रास्ते में मिली। तुम्हारे हाथ में क्या है?" उसने कंडीशनर को देखा, "मैंगो फ्लेवर।"

"ओह यह...।" उसने हाथ में पकड़े कंडीशनर को छिपाने और बात पलटने की पूरी कोशिश की।

रंगे हाथों पकड़ा गया।

"ठीक है! मैं किसी को नहीं कहूंगी।" उसने उसके हाथ से कंडीशनर की बोतल ले ली। "...कि तुम बालों में मैंगो फ़्लेवर का कंडीशनर लगाते हो।" फिर अर्नि ज़ोर से हंस दी।

मेहरीन लौटी और हालात का ताज़ा जायज़ा लेते ही वह भी हंसने लगी।

"तुम एक गे से डेट कर रही हो।" उसने अर्नि से कहा और वे दोनों फिर से हंस दीं।

"ओ.के.! अब बस करो।" उसके चेहरे पर लाल रंग साफ़ दिख रहा था। उसने अर्नि को कनखियों से देखा और अर्नि ने उसके गाल खींच दिए।

"मुझे पता है कि यह गे नहीं है।" उसने उसकी आंखों में सीधा

देखते हुए कहा – "वह ऐसा नहीं है।" दोनों लड़कियों को इस बारे में पता है। उसकी बहन ने लैपटॉप में उसकी इंटरनेट हिस्ट्री देखी है और उसकी गर्लफ्रेंड ने... "अब छोड़ो भी।"

"अर्नि तुम बेहतर जानती होगी...।" मेहरीन ने जुमला कसा और इस बार तीनों खुल कर हंसे।

"क्या मेरे कान बज रहे हैं या तुम दोनों सचमुच किसी बात पर एक साथ हंस रहे हो?" नीचे से आती मां की आवाज़ ने हंसी को दबाना चाहा।

"नहीं मॉम! आपके कान नहीं बज रहे। हम तीनों हंस रहे हैं।" मेहरीन ने कहा और वे तीनों सीढ़ियों से नीचे आ गए।

"ओह... कौन आया है?" बड़े से घर में मां की आवाज़ गूंजी।

"भाई की फ्रेंड मतलब गर्लफ्रेंड...।" ...मेहरीन ने हंस कर कहा और शादाब ने उसकी पीठ पर चपत जमा दी। अर्निका थोड़ी शर्माई-सी हो गई।

मां सीढ़ियों के पास खड़ी हैं और हाथ में लिली और पिट्यूनिया का बड़ा-सा बुके है, जो उन्होंने मेज़ से उठाया है।

"मॉम... ये अर्निका है।"

"अर्निका... मॉम!"

अर्निका ने आत्मविश्वास से भरी मुस्कान के साथ मॉम को विश किया। मां भी मुस्कुराई। झट से मेल होता दिखा।

शादाब ने मन-ही-मन ख़ुद को बधाई दी। उसे पता था कि मॉम को वह पसंद आएगी।

मेकअप के बिना, सीधे बाल, शॉर्ट और टी-शर्ट, मीठी आवाज़ और पर्सनेलिटी से चार चांद लग गए हैं।

"बहुत सुंदर फूल हैं बेटा... तुमसे किसने कहा कि मुझे पिट्यूनिया पसंद हैं?" मॉम ने शादाब को देखते हुए उससे पूछा।

"अच्छा... तुम यह फूल लाईं?" शादाब ने अर्नि से हैरानी से पूछा।

"हां।" वह धीरे से बोली। हवा में अब भी अजनबियत की गंध थी, जिससे उसका दम-सा घुटने लगा।

जब हम पिछले हफ़्ते सोशियोलॉजी क्लास के लिए बोटेनिकल गार्डन गए थे, तो तुमने मुझे बताया था कि आंटी को पिट्यूनिया अच्छे लगते हैं।

"वाउ... तुम्हारी याददाश्त तो बहुत अच्छी है।" मॉम ने कहते ही उसका हाथ अपने हाथों में ले लिया। शादाब ने बताया कि आज इकोनोमिक्स टेस्ट में भी तुम्हारे सबसे अच्छे नंबर आए हैं।

"मॉम!" जैसे ही अर्निका ने उसे तीखी नज़रों से देखा, तो वह भुनभुनाया।

मॉम हंस दीं।

"ओ.के. बेटा... शायद यह नहीं चाहता कि अब मैं ज़्यादा देर तक यहां ठहरूं... मैंने किचन में सामान लगवा दिया है... बिट्ठल तुम दोनों की मदद कर देगा। हैव फ़न और... फूलों के लिए थैंक्स बेटा!" उन्होंने कहा और अपनी बेटी के साथ बेडरूम की ओर चल दीं।

"तो तुम कुकिंग क्लास के लिए तैयार हो?" कुकिंग के साथ अर्नि के कुछ ख़ास अच्छे रिलेशन नहीं हैं।

"शायद!" उसने कुछ घबरा कर कहा। वे रसोई में पहुंचे। मॉडयूलर। काफ़ी बड़ी। उसके पापा का बिज़नेस बड़ा है, इसी से पता चल रहा है।

इस घर में दस साल से काम कर रहे बिट्ठल भईया ने दोनों का स्वागत किया।

"अर्निका... ये बिट्टल भईया हैं और बिट्ठल भईया यह अर्निका है...।" शादाब ने दोनों को मिलवाया।

"हम पहले मिल चुके हैं... भईया ने ही मेरे लिए दरवाज़ा खोला था।" वह उसे देख कर मुस्कुराई। शादाब ने भईया को भी उसी तरह मुस्कुराते देखा, तो उसे अच्छा लगा।

रिया जब पहली बार आई थी, तो उसने भईया को नोटिस तक नहीं किया था।

"ओ.के. भईया... एप्रन।" शादाब ने ताली बजाई।

एक मिनट में एप्रन हाज़िर। उसने अर्नि के एप्रन की गांठ लगाई। गुकी... पिंक। उसने उसकी गंध ली और धीरे से बोला –

"भईया सारा सामान निकालने में मग्न हैं।"

"तो अर्निका तुम्हें चाहिए... आधा कप कोको... उतना ही मैदा।" उसने डोंगे से थोड़ा-सा उठाया और उसकी नाक पर मल दिया। नौकर ने खांस कर उन्हें अपनी उपस्थिति का एहसास दिलाया। "... हां... चार अंडों की सफ़ेदी... दो छोटे चम्मच वनीला एसेंस... थोड़ा केनोला ऑयल... आधा बड़ा चम्मच बेकिंग पाउडर।"

अर्निका ने किसी आज्ञाकारी बच्चे की तरह सुना। "वैसे मुझे यह सब कहीं लिख लेना चाहिए।"

"कोई बात नहीं... मैं तुम्हें रेसिपी बाद में दे दूंगा... .।" उसने कहा और फ्रिज खोलते हुए पूछा, "तुम क्या लोगी?"

"पानी।" उसने सामग्री पर नज़र मारते हुए कहा, जिसे भईया ने सिलसिलेवार लगा दिया था।

वह पानी की बोतल वहीं ले आया। गिलास में उसके लिए पानी डाला और खुली बोतल वहीं मार्बल शेल्फ़ पर ओवन के पास छोड़ दी।"

"ठीक अब हमें बेकिंग पैन पर कुकिंग स्प्रे लगाना है।" उसने बिट्ठल भईया से पैन लाने को कहा और आगे की तैयारियों में लग गया।

फिर वह चिल्लाया, "भईया ओवन सैट कर दो।" ... और साथ ही झट से अर्नि के गाल पर चुंबन दे दिया।

"शादाब...।" वह बोली और फिर झट से ख़ुद को संभाल लिया। सामने से भईया आ रहे थे।

शादाब के दिमाग़ में भईया को वहां से भेजने के लिए कुछ पकने लगा।

वह दिखावा करने लगा कि जेब में कुछ खोज रहा है। "अरे... मेरा मोबाइल... लगता है कि किसी जींस में छूट गया... भईया प्लीज़ मेरे कमरे से ला दो...।" शादाब के कहते ही बेचारा नौकर फ़ोन लाने चल दिया।

शादाब रसोई के दरवाज़े तक आया और मॉम के कमरे का दरवाज़ा बंद देखकर दरवाज़े का स्टॉपर हटा दिया और उसे बंद कर दिया।

अर्निका ने दरवाज़ा बंद देखा, तो पेट में ओलंपिक स्तर की कलाबाजियां

होने लगीं। शादाब ने उसे देखकर खीसें निपोरीं और हाथ में पकड़ा फ़ोन लहरा दिया।

"नीच लड़के... बेचारे *भईया* !!!"

"वैसे मैंने उन्हें कुछ देर के लिए तो काम पर लगा ही दिया है...।" शादाब की आवाज़ में कुछ फ़र्क़ दिख रहा है।

वह उसका ध्यान हटाने के लिए बोली, "ओह ब्राउनीज़!"

"हां... ब्राउनीज़? तो कहां थे हम?" वह पास आते हुए बोला।

वह पीछे हटती हुई बोली, "इतना पास नहीं आओ।"

चुप्पी!!!

वह चुप है।

लड़की भी चुप है।

फिर दोनों हंस देते हैं।

यह एक मुस्कान से शुरू होता है। फिर धीरे-धीरे तेज़ खिलखिलाहट और ठहाकों में बदल जाता है, फिर वे गियर बदल कर दोबारा सादी मुस्कान पर आ जाते हैं।

फिर नज़रें मिलती हैं और सांसें भारी होने लगती हैं।

सिर आगे की ओर आते हैं।

उनकी पहली किस!!!!!

वह बहुत ही आराम से अपने होंठों को उसके होंठों से छूता है।

वह सहारे के लिए मार्बल की स्लैब पर हाथ टिकाती है।

फिर अगली किस और भी लंबी और गहरी हुई।

शादाब का हाथ उसके पीछे रेंगता चला गया

अर्नि ने अपना संतुलन साधा, तो पानी की बोतल गिर गई।

वे पल भर के लिए अलग हुए।

"छोड़ उसे!" होंठ फिर से मिले तो वह बुदबुदाया। पानी रेंग कर ओवन तक जा पहुंचा और अगले ही पल भड़ाम!!!!!

विज्ञान में इसे शार्ट सर्किट कहते हैं। चिंगारियां उड़ीं, नीले भभके और पीली लपटें।

भाड़ में जाए सब... हद है... वह उन पटाखों को देखते हुए लगातार बुड़बुड़ करता रहा। धुंआ फैला, तो अर्नि खांसने लगी।

क्या हुआ? मॉम चिल्लाती हुई नौकरों के साथ रसोई में दौड़ी आई।

फिर किसी नौकर ने ओवन का स्विच बंद किया और कुछ कोशिशों के बाद दीवाली शांत हो सकी।

उनकी पहली किस। स्मोकिंग हॉट। इलेक्ट्रिक, सही मायनों में यही तो हुआ था!!!!

7

और वह पहली बार उसकी मॉम से मिलता है... वह हकलाता है... उसका चेहरा लाल पड़ जाता है... वह घबरा कर बेहोश होने को है... भई प्रेक्टिस के लिए बहुत है।

9 अगस्त 2010

शाम छ : बजे

“मॉम, यह शादाब है!” “शादाब... मॉम!”

“फिर तुम उन्हें बुके देते हो... याद रखना कि उन्हें सफ़ेद गुलाब ही पसंद हैं... फिर तुम उन्हें विश करते हो... और भीनी-सी मुस्कान देते हो... मेरी तरफ़ देखो।” वह शादाब को हलकी चपत लगाती है और बात का सिरा आगे ले जाती है। “सिर्फ बीच वाले दो दांत दिखने चाहिए।”

“अर्नि! मैं अपनी पलकें कितनी बार झपका सकता हूं?” वह खिल्ली उड़ाता है।

वे दोनों सुपरमार्केट से वह सारा सामान लेकर लौटे हैं, जो मां के लिए सरप्राइज़ डिनर पार्टी में काम आने वाला है। इस समय वे अर्निका के ड्राईव-वे में खड़ी कार में बैठे हैं। अर्निका ने मां के लिए एक स्पा बुक किया है। वह चाहती है कि जब वे पहली बार शादाब से मिलें, तो अपने सबसे बेहतरीन मूड में हों।

"शादाब... ज़रा गंभीरता से लो... मैं चाहती हूं कि मॉम पर तुम्हारा अच्छा इंप्रेशन पड़े।"

"फिर तो चिंता की कोई बात नहीं है। मेरे पास यह कला तो जन्मजात है।"

"हां-हां, तुम-सा नहीं देखा।" वह व्यंग्य से बोली और दोनों की हंसी छूट गई।

अर्निका ने कार में लगी घड़ी पर नज़र डाली और झट से उतरते हुए बोली, "मुझे जाना होगा। देर हो रही है।" वह घर के मेन दरवाज़े की तरफ़ जाते हुए चिल्लाई, "शेव करना मत भूलना।"

"कहां-कहां की?" वह पीछे से पूछ कर मुस्कुराता है।

"सिक!" वह चिल्ला कर दरवाज़ा बंद कर लेती है। वह कार मोड़ता है और बड़ी उमंग से सीटी बजाते हुए निकल जाता है, उसे लग रहा है कि वह उसकी मॉम से मिलने के लिए पूरी तरह से तैयार है। अगर वह सब न हुआ होता...

उस रात।

"दरवाज़े के आसपास ही रहना..."

शादाब रात को सवा नौ बजे अर्निका को मैसेज करता है और वह उसके देर से आने पर खीझती है। वही नहीं आया। रीतेश, अलीशा, बानी, वासु, राधिका, स्तुति; सभी तो आ गए हैं।

ठीक दो मिनट बाद बैल बजी और अर्निका झटके से उठ खड़ी हुई। उसकी यह फुर्ती अचानक सबको खटकी, "मैं देखती हूं।"

अर्निका ने दरवाज़ा खोला, तो सिर्फ़ सफ़ेद गुलाबों के सिवा कुछ नहीं दिख रहा था। इतना बड़ा बुके; बेशक पूरे एक सौ एक थे।

बुके के पीछे से एक हलका-सा स्वर आया, "हाय अर्नी!..."

"शादाब!" वह उस पर एक साथ झल्लाई और मुस्कुराई, "इडियट! ला मैं हेल्प करती हूं।"

उसने भी एक तरफ़ से बुके पकड़ लिया और दोनों लिविंग रूम की तरफ़ चल दिए।

जब वे अंदर गए, तो रीतेश कोई चुटकुला सुना रहा था; तभी सफ़ेद गुलाबों में मुंह छिपाए अर्नि और शादाब ने क़दम रखा और एक अजीब-सी चुप्पी छा गई। अब स्पॉटलाइट उन पर थी।

कुदरतन मॉम भी हैरान थीं कि कौन लड़का उनकी बेटी के साथ गुलाबों में मुंह छिपाए उन्हीं की ओर आ रहा था। उन्होंने पास के मेज़ पर बुके रखा, तो वह उसी ओर आ गई।

वह बुके से निकला एक गुलाब जमा ही रहा था कि मॉम शुरू हो गई, "अच्छा तो यह वही होगा..."

वह पीछे मुड़ा। प्लान के हिसाब से।

"शादाब... मॉम से मिलो।" अर्निका ने कहा। प्लान के हिसाब से।

"हैलो आं... ओह माई गॉड!" शादाब चिल्लाया। हालांकि यह प्लान में शामिल नहीं था, "मैम... मैं तो आपका बहुत बड़ा फ़ैन हूं..." उसके माथे पर पसीना था और पूरे शरीर में जैसे कंपकपाहट-सी हो रही थी, "अर्निका! निशी सिन्हा तुम्हारी मॉम हैं... द निशी सिन्हा...!" और इसी उमंग में मुंह से एक भद्दी गाली भी निकल गई।

ऊप्पस!!!!

कैसी बेहूदगी की बात हुई! मूर्खता!!!! मां ने भी सब सुना और देखा। अर्निका का चेहरा रसोई में पक रहे टमाटर के सूप से भी ज़्यादा लाल था। वह मुंह नीचा किए खड़ी थी, पर समझ नहीं पा रही थी कि आख़िर क्या सफ़ाई दे।

जब शादाब अपने चेहरे पर जम गई चौड़ी मुस्कान को समेटने की कोशिश में था, तो मॉम ही बोली "हाय! बेटा!"

अर्निका व उसकी मॉम दूसरों की तरह भौंचक्के रह गए। दूसरे लोगों को देखकर शादाब ने कहा, "हे गाईज़!..." इससे पहले कि वे उसकी बात सुनने के लिए घेरा-सा बनाते, उसने अपना गला खंखारा। "चूंकि इस कमरे में बैठे तक़रीबन लोग कभी थियेटर के दरवाज़े के पास से भी नहीं गुज़रे हैं, तो मैं जो बताने जा रहा हूं, उसे सुन कर बेशक वे हैरान रह जाएंगे। मैं आप सबका परिचय इस देश के प्रतिभाशाली रंगमंच कलाकारों में से, एक से कराने जा रहा हूं।"

अर्निका ने मॉम के चेहरे पर नज़र डाली। तब उसे एहसास हुआ कि उसने शादाब को इस बारे में पहले न बता कर कितनी बड़ी भूल की थी। कम-से-कम उसे मिलाने से पहले बता देना चाहिए था कि वह निशी सिन्हा की बेटी है।

"वह न केवल एक जानी-मानी लेखिका हैं, बल्कि मानवतावादी कार्यों से जुड़ी हैं तथा इन दिनों संयुक्त राष्ट्र के लिए कार्यरत हैं और मैम...।" उसने घुटनों के बल बैठ कर लगभग शरमाती मॉम का हाथ थामा और बोला, "एक खूबसूरत मॉम भी हैं... हैप्पी बर्थडे आंटी...।"

कमरे में तालियों की गूंज सुनाई दी। अर्निका की आंखों में ख़ुशी के आंसू हैं, निशी आंटी के चेहरे पर प्यारी-सी मुस्कान और शादाब की आंखों में बड़ी उत्तेजित-सी चमक!

उनकी पहली मुलाक़ात! ख़ैर सब कुछ प्लान के हिसाब से तो नहीं हुआ, पर निश्चित रूप से उससे बेहतर ही था।

8

और उन दोनों की पहली लड़ाई... या नहीं थी?

2 सितंबर 2009

लड़के ने लड़की को फ़ोन किया। वह दूसरे नंबर पर व्यस्त थी। कॉल वेटिंग।

लड़ने के लिए पर्याप्त कारण था?... बिल्कुल नहीं! वैसे भी शक की सूई घुमाने के लिए कई नाम दिमाग़ में आए। कोई लड़की होगी। कज़िन। कोई लड़का होगा... जिससे वह चोरी से डेटिंग कर रही हो।...ना। वह फ़ोन काट देता है।

भरोसा। यह काफ़ी हद तक आइस जैसा होता है। एक छोटी-सी दरार आते ही तेज़ी से पिघलने लगता है। वह उस पर भरोसा करता है।

वह अलग बात है कि वह उस रात उसकी फ़ोन कॉल का जवाब नहीं देती और नतीजन सो नहीं पाती, यह एक अलग कहानी है। उसकी कज़िन का ब्रेकअप हो गया है। अगली सुबह होते ही लड़के को इस बारे में खबर दी जाती है।

भरोसा। आइस। कॉम्पैक्ट।

लड़ाई को अनदेखा किया गया।

सबक मिला : भरोसा।

23 सितंबर 2009

वह रॉनिल की डेस्क पर झुकी है, जो कि उसका सबसे पुराना दुश्मन है। काफ़ी मग्न भाव से खिलखिलाने का स्वर।

वह क्लास में आ कर उसे बुलाता है। वह न में जवाब देती है। लगातार हंसते हुए दूसरे से बात करती रहती है।

लड़ने की वजह तो है ही!... हां कह सकते हैं कि थोड़ी तो है।

उस दिन आधी छुट्टी के दौरान जो बहस हुई, उसे आप एक तेज़-तर्रार बहस का जिप्सी संस्करण तो कह ही सकते हैं।

सबक मिला : एक लड़का नहीं सह सकता। रिपीट।
एक लड़का अपनी गर्लफ़्रेंड को किसी ऐसे लड़के के पास
खड़ा नहीं देख सकता, जो उसे पसंद न हो। स्पेस।
यह तो की-बोर्ड के काम की चीज़ है।

4 अक्टूबर 2009

वह कुछ समय अकेले बिताना चाहती है। उससे मिलने का मन नहीं कर रहा।

वह इसके ठीक विपरीत चाह रहा है। बड़ी तड़प के साथ।

वह विनम्रता से इंकार करती है।

वह बड़ी उमंग से इसरार करता है।

वह आपा खो कर चिल्लाती है।

वह फ़ोन काट देता है।

चुप्पी खलने लगती है।

लड़की को भूल का एहसास होता है और वह माफ़ी के लिए फ़ोन करती है।

अहं का नाश। तो लड़ाई बची कहां?

सबक मिला : अहं मिटाओ। लड़ाई भुलाओ।

3 नवंबर 2010

स्मोकिंग। वह इसे सेहत के लिए ठीक नहीं मानती।

लड़के को लत पड़ चुकी है।

लड़के ने किस प्लान की। लड़की ने ठुकराई। सांस की बदबू का क्या करे?

लड़का किस चाहता है। बुरा। यह उसके लिए 'माई वे' या हाई वे मूवमेंट है।

लड़की का टका-सा जवाब आता है।

चुप्पी। बड़ी खलने वाली चुप्पी।

कार की गति तेज़ होती है। जब तक वह उसे घर नहीं पहुंचा देता, तब तक चुप्पी का सिक्का जमा रहता है। कार बड़े ही तीखे स्वर के साथ रुकती है।

वह तेज़ी से उतर कर दरवाज़ा पटकती है और भी ज़्यादा रूखाई से!

कोई गुडबाय नहीं कहता। वह गुस्से में आगे निकल जाता है।

वह बाहर निकलती है। बड़ी दुखी है।

क्यों क्या यहां कोई लड़ाई दिखी?... अगर इच्छाएं भिखारी होतीं, तो घोड़े सवारी करते। प्यार तो बड़ी कुत्ती चीज़ है। लड़का उसे छोड़ कर आने के बाद मन-ही-मन एक तड़प महसूस करता है।

बार-बार फ़ोन। दरवाज़े पर हॉर्न देना। यहां तक कि डोरबैल बजाना।

फिर वह घर से निकल कर कार में बैठ ही जाती है।

वह कार चला कर वहीं ले जाता है, जो पहले से तय है। सेक्टर का कम्यूनिटी सेंटर!

लड़की की आंखें लाल हैं। काजल फैल गया है। चेहरे पर आंसुओं के ताज़ा निशान हैं।

वह जेब से सिगरेट का पैक निकालता है।

उन्हें मसल कर तोड़ता है और कार से बाहर फेंक देता है। लड़की के सिर की क़सम खाता है कि सिगरेट छोड़ने की पूरी कोशिश करेगा।

उसे उसी समय इनाम मिलता है।

सबक मिला : सॉरी कहने में कोई हर्ज़ नहीं होता;
इसके बाद अक्सर इनाम मिल जाता है।

9

और इस तरह आप जान जाते हैं कि रिलेशनशिप में मज़बूती आ रही है...

अक्टूबर 2009 - मई 2010

- जब वे दोनों अपने फ़ोन के टॉक प्लान्स बदल लेते हैं, हैंड्स फ्री खरीदते हैं, ताकि कानों को लगातार चलने वाली मैराथन बातों की गर्माहट से बचाया जा सके और जब सब काफ़ी ख़र्चीला लगने लगता है, तो स्काइप पर बातें करते हैं।
- जब उनका फ़ेसबुक प्रोफ़ाइल कहता है 'इन ए रिलेशनशिप विद' और उनके द्वारा अपलोड की गई ही पिक्चर पर, 'सो क्यूट','टचवुड' जैसे कमेंट आते रहते हैं।
- जब वह हेयरकट के समय उसके साथ जाती है और इससे भी बुरा तब होता है, जब वह शॉपिंग के लिए भी उसका साथ देता है।
- जब वह उसे बेमतलब मैसेज करता है और सुबह चार बजे फ़ोन करता है, ताकि उसकी आवाज़ सुन सके।
- जब कहीं भी, कभी भी मौसम रूमानी होता है या कहीं कोई रोमांटिक गाना बजता है, तो वे एक-दूसरे को फ़ोन किए बिना नहीं हटते।
- जब लड़के के घर का दरबान, माली, नौकर और रसोईया भी लड़की को पहचानने लगता है।

- जब वे कक्षाओं में देर से पहुंचते हैं, तो लड़के की शर्ट पैंट से बाहर होती है और लड़की के बाल बिखरे होते हैं।
- जब वे दोनों संयोगवश एक ही दिन स्कूल से छुट्टी मार लेते हैं।
- जब लड़का ड्राइवर के आसपास न होने पर लड़की की मां को राशन की दुकान तक ले जाने लगता है।
- जब लड़की के पड़ोसी उसकी ड्राइव-वे में लड़के की कार पहचानने लगते हैं।
- जब 'सीओडी' के लिए 'टवीलाइट' को अनदेखा किया जाता है और वह 'आई लव यू' की जगह 'मेक मी ए सैंडविच' कहने लगता है।
- जब वह लड़के के बीयर पीने के बावजूद उसे किस करने के लिए तैयार होती है और वह उससे पूरी तरह से बहस करता है कि उसका एक माइक्रोग्राम वजन भी नहीं बढ़ा, जबकि वह हमेशा उसके कहने पर चॉकलेट केक भी ऑर्डर करता है।
- जब वह जानता है कि वह किस ब्रांड के सैनीटैरी नैपकिन इस्तेमाल करती है और वह शिकायत करती है कि उसके सैल और लैपटॉप में पोर्न भरा रहता है।
- जब वह स्वयं अपनी ख़ुशी से उन दोनों के बिल भी भर देती है और वह उसे अपनी कार चलाने देता है। हालांकि मामला थोड़ा रिस्की है!
- जब वे छोटी-छोटी बातों पर लड़ते-झगड़ते हैं, एक-दूसरे को गलियाते हैं और फिर भी दिन के अंत में फ़ोन करके निपटारा कर लेते हैं। कम्यूनिकेशन। यही तो उनके रिश्ते को तरोताज़ा रखता है, जब वे इसे नहीं चाहते, तब भी!
- जब लड़के की मां को ख़ुशी होती है कि कोई उसके बेटे को डाइनिंग टेबल पर इकोनॉमिक्स पढ़ा रहा है।
- जब लड़की की मां को ख़ुशी होती है कि उसकी बेटी की साफ्टर साइड अंकुरित हो रही है। इसके साथ ही उसे पढ़ाई और उससे अलग बातों के बीच संतुलन बनाना आ रहा है। वैसे यह दुर्लभ है, किंतु यहां हुआ है!

- जब लड़की अपनी मॉम के साथ लड़के के प्ले देखने जाती है और बार-बार पूछती है कि कैसा लगा।
- जब मूवी के टिकट काउंटर पर वह हमेशा कोने की सीटें मांगता है और हमेशा दाईं ओर बैठता है, ताकि लड़की की बाजू उसके सिवाय किसी ऐरे-ग़ैरे की बाजू से न टकराए।
- जब वह उसके चेंजिंग रूम के बाहर इंतज़ार करता है, जब वह कम-से-कम दर्जन-भर पोशाकें ट्राई करती है, तो वह उसका बैग थामे खड़ा रहता है।
- जब वे दोनों एक-दूसरे के ई-मेल आई डी, सोशल नेटवर्किंग एकाउंट्स के पासवर्ड जानते हैं।
- जब वह उसकी कार, कमरे या जेब में सिगरेट दिखते ही उसे कुचल कर फेंक देती है।
- जब वह उसकी कॉल काट देता है, क्योंकि वह पीएसपी पर पॉज नहीं कर सकता, तो वह दिखावा करती है कि उसे बुरा नहीं लगा। वह समझती है कि वह एक लड़का है।
- जब लड़की को सारी ख़ास सालगिरह याद रहती हैं और वह उन्हें अक्सर भूल जाता है और उनकी लड़ाई होती है। यहां फूल और चॉकलेट भी काम नहीं आते।
- जब वह उसे उसकी ख़ुशी के लिए डेयरी मिल्क नहीं ख़रीद कर देता, बल्कि इसलिए लेता है कि जब वे दोनों एक साथ उस चॉकलेट को अलग-अलग छोरों से खाना शुरू करेंगे, तो कैसा थ्रिल होगा।
- जब वह उसे कहती है कि वह बॉक्सर्स ख़रीदे, क्योंकि ब्रीफ़ अक्सर उसकी क्रॉच को टच कर जाता है।
- जब वह उसके जन्मदिन पर केक बेक करना सीखती है, वह भयंकर केक बनाती है, पर लड़का दिल रखने के लिए उसे भी खाता है। इसके बाद उसे फ़ूड पॉयज़निंग हो जाती है।
- जब एक नज़र ही यह बताने के लिए काफ़ी होती है कि लड़की का मूड अच्छा नहीं, हालांकि वह मुंह से जो भी कहती रहे।
- जब लड़की को मॉम खाने की मेज पर भाषण पिलाती है कि अपनी

सीमाओं का ध्यान रखना कितना ज़रूरी होता है और हमेशा आख़िर में लड़की को ही उन कमज़ोर पलों की सज़ा भुगतनी पड़ती है।

- जब लड़की का पिता बीयर के दौरान लड़के से पूछता है कि वह उनकी लड़की को लेकर कितना गंभीर है।
- जब वह लड़के को अपनी मॉम के साथ समय बिताने के लिए मजबूर करती है और उसके डैड से फ़ोन पर बात करती है।
- जब वह अक्सर उनकी बातचीत में 'एफ़' शब्द निकाल देता है, हालांकि यहां इसका मतलब 'एफ़' फ़ॉर फ़्यूचर से है। कोई और मतलब न निकालें।
- जब लड़का अपनी डेट्स पर एक ही शर्ट्स बार-बार पहनता है। वही बॉक्सर्स भी डाले जाते हैं।
- जब वह उससे सबसे बुरे 'हेयर' डे के बावजूद बड़े ही गर्व से मिलती है।
- जब वह उसके ही सामने दूसरी लड़कियों को घूरता है और वह उसके लिए सबसे बेहतरीन का चुनाव करती है।
- जब लड़की किसी दोस्त की पार्टी में आपे से बाहर हो जाती है, पर वह अपने होश संभाले रहता है, ताकि उसे घर ले जा सके।
- जब उनके मोबाइल पर, दोनों की एक ही डिसप्ले पिक होती है।
- जब पूरा स्कूल जानता है कि वे दोनों एक लंबे रिश्ते की डोर में बंध चुके हैं, जो कि काफ़ी मज़बूत है।
- जब टीचर्स स्टॉफ़ रूम में चाय-समोसे के साथ उनके बारे में उलटा-सीधा बकती हैं।
- जब लड़की का फ़ोन रोज़ सुबह उसके लिए अलार्म का काम करता है।
- जब लड़का लड़की को मना करता है कि वह शर्ट्स पहन कर जिम न जाए, लड़की उसे याद दिलाती है कि वह उसके मामलों में टांग न अड़ाए। किसी कॉमन दोस्त की मदद से ही इस पंगे का अंत हो पाता है। वह अब भी शर्ट्स पहनती है, पर लड़का कुछ नहीं कर पाता।

- जब वे दोस्तों के साथ ड्राइव पर जाते समय हमेशा बैक सीट पर होते हैं।
- जब वे प्री-बोर्ड आने पर तय करते हैं कि फ़ोनकॉल की संख्या सीमित कर देंगे।
- जब लड़की अच्छे अंकों के लिए कुछ पुरस्कार तय करती है और वह उन्हें सफलतापूर्वक पा लेता है। वाह प्लेज़र विद बिज़नेस!!!
- जब वे इस हद तक चले जाते हैं कि बोर्ड परीक्षा के दौरान एक-दूसरे से नियत समय के लिए बात तक नहीं करते।
- जब लड़का लड़की को यूएसए भेजने के लिए कॉलेज एप्लीकेशंस बनाने में मदद करता है। हालांकि थोड़ा डरता है, पर पूरी मदद देता है।
- जब वह लड़के के प्ले में ख़ुद को जबरदस्ती ले जाती है और वहां उसे एक लड़की को चूमते देख कर भी ज़िंदा वापिस आ जाती है। भई वह तो एक्टिंग कर रहा है।
- जब वे दोनों आने वाले कल की बातें करने लगते हैं। वे एक-दूसरे के साथ संबंध को बनाए रखने की बातें करते हैं।
- जब वे दोनों प्यार के अतल सागर में एक साथ डुबकी लगाने के लिए तैयार हो जाते हैं।

10

और फिर वह एक साथ बिताए वे पल... चाहे उसे अर्नि को शॉपिंग के लिए ले जाना होगा, लिस्ट बनानी होगी, एक्शन की बजाय इंट्रेक्शन पर ध्यान देना होगा और चिक फ्लिक के लिए दोस्तों के साथ लैन गेमिंग सैशन को भुलाना होगा... हां, उसके पास कोई दूसरा चारा भी तो नहीं है।

23 जून 2010

तब आप क्या करोगे, जब आपकी गर्लफ्रेंड आपको फ़ोन करके कहेगी कि वह एक चिक फ्लिक के साथ आ रही है, तब त्रिकोणमिति की तारीफ़ों के पुल बांधना और भी मुश्किल हो जाता है, जब आपने ख़ासतौर पर उसी दिन के लिए दोस्तों के साथ मैराथन काउंटर स्ट्राइक-लैन गेमिंग सैशन फ़िक्स किया हो।

या तो आप बेचैनी से गर्लफ़्रेंड को साफ़ मना कर देते हैं या फिर दोस्तों के ताने सुनने के लिए तैयार हो जाते हैं। भई, गर्लफ़्रेंड के लिए इतना तो करना ही पड़ता है।

वैसे अगर आप शादाब परवेज़ जैसे लोगों की लिस्ट में आते हैं, तो ठंडे दिमाग़ से दोनों पहलुओं पर विचार करेंगे।

होम थियेटर और डीवीडी प्लेयर आपके कमरे में है। पर्सनल कमरे में।

एक ही पलंग और किसी भी तरह की आवाज़ से परे!

वैसे भी चिक फ्लिक एक सुबकियों से भरी सेंटी स्टोरी के बराबर होती है।

सेंटी स्टोरी का मतलब होगा कि आपके कंधों पर उसका सिर हर पांच मिनट बाद अपने आप आएगा।

हर पांच मिनट बाद आपके कंधों पर उसके सिर का मतलब होगा कि आप ध्यान से उसके बाल सहलाएंगे और बेध्यानी में फ़िल्म देखते-देखते आपका हाथ किसी और जगह भी सहलाने जा सकता है।

या

दोस्तों के साथ लैन गेमिंग का मतलब होगा और बहुत सारी बीयर और घंटों का वर्चुअल एक्शन!

ड्राई बिल्कुल ड्राई!

चूंकि हक़ीक़त वर्चुअल दुनिया से बेहतर है इसलिए आप दोस्तों को फ़ोन कर देते हैं कि अचानक मॉम को डॉक्टर के पास ले जाना पड़ रहा है। यह एक एमरजेंसी है। फ़ोन पटको। उलझन सुलझ गई।

डिंग डौंग!

जब घंटी बजी तो शादाब रसोई में था। नहीं-नहीं, वह उसके लिए केक बेक करके या कोई सैंडविच बना कर सरप्राइज़ नहीं देना चाह रहा। बेशक वह कुछ ही दिन में उड़ कर यू.एस. जाने वाली है, ताकि वहां कॉलेज में पढ़ाई कर सके। वह तो बस यही देखने आया था कि फ्रिज में ब्रीज़र्स हैं या नहीं, जिन्हें उसके कमरे में छिपा कर ले जाया जा सके या फिर उसे दोबारा डैड के बार से वोदका की बोतल चुरानी होगी।

सप्ताह में कई दिन सफ़र पर रहने वाले पापा और फ्रिज़ में अल्कोहल बोतलों पर नज़र न रखने वाली, मॉम का होना वाक़ई फ़ायदेमंद हो सकता है।

शादाब झट से बैग के तले में बीयर की बोतलें भर लेता है।

वह लिविंग रूम में अर्निका और मॉम के हंसने के स्वर सुन पा रहा है, इस दौरान वह अपनी मूवी डेट के लिए जंक फ़ूड के पैकेट और डिब्बाबंद स्नैक बटोरने में लगा है।

लगता है कि उसके नाम पर कोई चुटकुला छोड़ा गया है, लगातार हंसने की आवाज़ें आने से उसे इस बात का एहसास हुआ।

वह लिविंग रूम में जाने से पहले मुस्कुराया। किसी भी लड़के को यह जान कर बहुत ख़ुशी और तसल्ली होती है कि उसकी मॉम और गर्लफ़्रेंड आपस में घुल-मिल गए हैं, भले ही वे उसकी खिल्ली क्यों न उड़ा रही हों।

नौकर के हाथ बैग को कमरे में भेज कर वह लिविंग रूम में पहुंचा, तो देख कर दंग रह गया कि मॉम और उसकी गर्लफ़्रेंड उसके बचपन की एलबम पर झुकी बैठी हैं।

हाय...! उसके बचपन की शर्मनाक तस्वीरें!!!

और भी ठहाके गूंजने लगे...

"मॉम!... यह क्या बात हुई? हमने तो तय किया था न कि आप यह एलबम किसी को नहीं दिखाओगी।" वह भुनभुनाया।

"हे शादाब! मुझे तो पता ही नहीं था कि तुम बचपन में पोल्का डॉट वाले अंडरवियर पहनना पसंद करते थे।" अर्निका ने हंसी की फ़ुहारों के बीच तीर छोड़ा।

"मॉम..." शादाब के चिल्लाते ही उन्होंने फटाक से एलबम बंद कर दी।

"सॉरी बेटा! पर ज़रा देखो तो सही, तुम कितने प्यारे लग रहे हो... कितने मासूम...। जब तुम कॉलेज चले जाओगे, तो यह एलबम के फ़ोटो ही तो तुम्हारी यादें होंगी।"

मांएं और मैलोड्रामा!!!! तौबा-तौबा

"मम्मियां तो हमेशा यही कहती रहती हैं... "आज मैं अपनी मॉम के लिए खाना बनाने जा रही हूं। वे बड़ी उमंग में हैं।" अर्निका ने अपना राग अलापा।

"बेटा... जब भी तुम इस तरह की बातें करती हो, तो मैं यही सोचने लगती हूं कि आख़िर तुमने मेरे बेटे में क्या देखा...?" शादाब की मॉम ने बड़े ही नाटकीय तरीक़े से अर्निका का हाथ पकड़ कर कहा।

शादाब अभी इस अचानक उग आई गर्ल पॉवर के खिलाफ़ कुछ और कहने ही वाला था कि अर्निका ने आंख दबाई।

"ठीक है, मॉम! आज रात मैं भी आपके लिए खाना बनाने जा रहा हूं और फिर उसके बाद जब फूड पॉयज़निंग हो जाएगी, तो डॉक्टर के पास भी मैं ही ले जाऊंगा।" शादाब ने अपने बचाव में कहा।

अगले पंद्रह मिनट तक यही चुहलबाज़ी और गपशप जारी रही। जब मॉम अर्निका का हाथ थाम कर उसके कॉलेज की तैयारियों वाला टॉपिक ले बैठीं, तो उन्हें लगा कि अब तो प्रोग्राम का गुड़-गोबर होने वाला है।

शादाब ने बमुश्किल अर्निका को हाथ और आंखों के इशारे से समझाया कि ऊपर उसके कमरे में डी.वी.डी. प्लेयर, बेड और बूज़; इंतज़ार में अधमरे हो रहे हैं।

आंखों की यह बातचीत मॉम की नज़रों में भी आ गई, "ओह! शायद मैं तुम्हारी किसी प्लानिंग में रोड़ा अटका रही हूं।"

"नहीं... नहीं तो! हम तो मूवी देखने की सोच रहे थे।" शादाब ने अपनी उमंग को दबाने और सामान्य दिखने की भरपूर कोशिश की।

"ओह... किस टाइप की?" मॉम ने पूछा।

"एक्शन। रोमांस।" वे दोनों एक साथ ही बोल पड़े और फिर एक-दूसरे को देख कर घबराहट से मुस्कुराए।

"एक एक्शन-रोमांस!" मां ने उनके वाक्य को सुधारा और मुस्कुराई। उन्हें एहसास हो गया कि बच्चे अपनी प्राइवेसी में दख़ल नहीं चाहते, इसलिए उठ कर नौकर को पुकारने लगीं।

"नीटू।"

आंटी... आप भी हमारे साथ फ़िल्म क्यों नहीं देखतीं?" अर्निका ने ऐसा इसरार किया कि शादाब के पास उसे कोसने के सिवा कोई चारा नहीं बचा। उसने एक ही सैकेंड में उसे मन-ही-मन जाने कितने श्लोक सुना दिए।

"मैं... ?" मॉम ने शादाब की ओर देखा, जो अब फिर से ऑल स्माइल मूड में आ गया था, "नहीं, मुझे लंच टाइम में सहेलियों से मिलना है और फिर कुछ राशन का सामान भी लाने जाना है... तुम लोग देखो।"

"ठीक है।" वह बुदबुदाया, फिर अगली ही सांस में बोला, "हम डॉमीनोज़ से खाना मंगा लेंगे।" जैसे वह पहले ही जानता था कि मॉम उसके बाद क्या पूछने वाली थीं?

"ठीक है, बच्चो, तुम एंजॉय करो।" वह यह कह कर कमरे से निकल गई।

अर्निका की ओर कामुक नज़रों से देखते हुए शादाब ने दोहराया, "एंजॉय..."

कमरे के अंदर

अर्निका ने कमरे में जाते ही कनखियों से देखा, शादाब अंदर से ताला लगा रहा था। उसने अपने एक-एक शब्द पर ज़ोर देते हुए कहा, "इस. बारे. में. सोचना. तक. भी. नहीं.!"

"क्या...?" शादाब ने आवाज़ उठाई।

"शादाब! हमारे पास एक साथ बिताने के नाम पर बस कुछ ही दिन बचे हैं और ऐसे में भी तुम यही सब सोच सकते हो...।" अर्निका के सुर में हलकी खीझ थी।

"मैं तो यही देख रहा था कि चाबी ताले में इस दिशा में जाती है या नहीं?" शादाब ने सफ़ाई दी।

"जी नहीं... तू ऐसा नहीं कर रहा था।... हारमोनल पिग कहीं का!" उसने इलज़ाम लगाया।

"ठीक है अब तू लड़ना चाहती है?" वह कहकर अपने पलंग पर कूदा।

"सिक!!!" अर्निका ने नाक सिकोड़ा।

"क्या है? क्या मैं अपने ही पलंग पर कूद तक नहीं सकता?" उसकी आंखों की चमक ने ही बाक़ी बात कह दी।

"मैं यक़ीन नहीं कर सकती कि मैं तेरे साथ हूं।" वह उठ कर टी. वी. केबीनेट के पास गई और डी.वी.डी. प्लेयर में डी.वी.डी. डालने लगी, जो वह साथ लाई थी।

"मैं भी...।" वह बुदबुदाया, उसकी नज़रें शॉर्ट्स में झुकीं अर्निका पर टिकी थीं।

वह झटके से उठी और पलटी, "क्या कहा तुमने?"

"मैंने... मैंने कहा... मैंने यह कहा... बस यही कहा कि बेबी आई लव यू!" साथ ही उसने आंख भी मार दी।

"शादाब, प्लीज़! हमें बहुत-सी बातों के बारे में तय करना है... कई ऐसे मसले हैं, जिन पर पहले से ही बात करना ठीक रहेगा... मैं ऐसा अंत नहीं चाहती।" अर्निका की आवाज़ में थोड़ी दृढ़ता और आंखों में नमी उतर आई थी।

वह एक झटके से पलंग से उठा और उससे थोड़ी दूरी रखते हुए गले से लगा लिया।

"आई लव यू!" अर्निका ने उसकी कमीज़ पर अपना चेहरा रगड़ा और शादाब हाथ से उसके बाल सुलझाते हुए कान के पीछे ले जाने लगा। "मैं तुम्हें खोने के बारे में सोच तक नहीं सकता...।"

"तुम... अभी तक नहाए... भी नहीं।" वह सुबकियों के बीच अचानक खिलखिलाने लगी।

"बिच... तूने फिर से इतने अच्छे मूड का कचरा कर दिया।" वह अब भी शादाब की बांहों में थी। वह उसकी पकड़ से छूट कर बोली, "तुम इसी लायक हो। मि. परवेज़, डिओ और कोलोन का मतलब साफ़ है कि तुम कल से नहाए नहीं हो।"

"ख़ैर... तुम तो मुझे कहीं बेहतर जानती हो।" वह जवाब दे कर मुस्कुराया।

फिर वह पलंग की ओर जाते हुए बोला, "तो आज फिर कौन सी मूवी देखने वाले हैं?"

"ए वॉक टू रिमेंबर" जवाब आया।

"बढ़िया है, रोने-धोने का पूरा इंतज़ाम है।" उसने तकिये लगाते हुए मन-ही-मन सोचा।

अगले दस-बारह मिनट तक दोनों ने एक साथ फ़िल्म देखी। उसके

बाद तो कोई न कोई एक्शन होना ही था। अर्निका ने हाथ में रिमोट लिए पलंग के पास आते हुए पूछा, "खाने को कुछ है?"

"मैं... और अगर तुम शाकाहारी हो, तो खाने-पीने का थोड़ा सामान स्टडी टेबल पर पड़ा है। उसने पलंग पर पसरते हुए कहा। "क्या?..." अर्निका ने घूरा, तो वह और भी ढीठाई दिखाने लगा।

"कभी तो इंसानों जैसी बातें कर लिया कर।" वह दांत पीसते हुए बुदबुदाई। फिर वह बैग लेकर वापिस आ गई।

उसने कुछ ही सैकेंड में कंबल अपने ऊपर खींच लिया। मौकापरस्त कहीं का! वह ऐसा ही है।

"अभी ठंड कहां है... हमें किसी कंबल की ज़रूरत नहीं है।" उसने बैग खोल कर चिप्स का पैकेट निकालते हुए कहा।

"इसमें कुछ और भी माल पड़ा है अगर तुम लेना चाहो तो..."

"नहीं, अभी नहीं चाहिए।" उसने हल्के से ताली बजाई और कमरे की बत्तियां बंद हो गई। सेंसर लाइटिंग। सेव द एफरट।

वह उसके साथ सट कर बैठ गई और मूवी चालू कर दी।

क़रीब बीस मिनट बाद...

"न्यूयॉर्क और नई दिल्ली में टाइम का क्या अंतर है?" अर्निका ने अपना सिर उसकी छाती पर टिकाते हुए पूछा।

कोई जवाब नहीं आया।

"तुम फिर से सो गए?" जब उसने उसे सोते पाया, तो कोहनी मार कर जगाते हुए बोली।

"हे!!!!" वह झटके से उठ बैठा। "वाउ! क्या सीन है।" उसने बात छिपानी चाही।

"दफ़ा हो जा!!!" अर्निका को खुंदक आ गई।

"ओह! कमऑन अर्निका!... हमने यह मूवी बारह बार देखी है।"

"ग्यारह...।" उसने बात सुधारी।

"हां... ग्यारह। नींद तो आनी ही हुई न!" उसने आंखें मलीं।

"मैं इतने पास हूं, फिर भी नींद?" उसने इस अदा से कहा कि क्या कहूं, किसी खूसट बूढ़े में भी जान आ जाए।

"वैल।" उसने उसके टॉप पर नज़रें गड़ा दीं।

सीधी नज़रें!

"क्या देख रहे हो?" अर्निका ने पूछा।

"तुम्हारा दिल।" जवाब आया।

"स्मूथ बिच..."

अर्निका ने उसे झट से गले लगा लिया।

"वैसे बता दूं... न्यू दिल्ली और न्यूयॉर्क में साढ़े आठ घंटे का फ़र्क है।" उसने मुलायम स्वर में कहा। "तुम सो नहीं रहे थे?" उसने हैरानी से पूछा।

"मैं तो तुम्हारे एहसास में खोया हुआ था... मुझे अपनी शर्ट पर गुच्ची की परफ्यूम की ख़ुशबू हमेशा नहीं मिलती।"

अचानक एक चुप्पी सी छा गई।

"वायदा करो कि तुम मुझे कभी छोड़ोगे नहीं।" बैकग्राउंड से मैंडीमूर की आवाज़ सुनाई दी।

'मैं वायदा करता हूं।' पिक्चर में लड़के ने कहा।

उन दोनों ने एक दूसरे को किस किया।

मूवी में।

कमरे में भी।

24 जून 2010

शॉपिंग

लड़कों को यह शब्द और आइडिया ही उतना बेकार और बेतुका लगता है जैसे कि कोड ऑफ़ ऑनर, प्ले स्टेशन, फुटबॉल व बीयर हग्स, बट्ट सैलप्स और उलझे हुए हाई फाईव लड़कियों को नहीं भाते। लड़के बहुत आसानी से शॉपिंग करते हैं, जैसे ऑरबिट च्यूईंगम के सभी फ्लेवर शॉपिंग कार्ट में फेंकना और शॉपिंग के मामले में ज़्यादा सिर खपाई न करना, भई शॉपिंग भी तो एक च्यूईंगम ही है। दूर से टंगी टी-शर्ट देखते ही

उन्हें यक़ीन हो जाता है कि वह उन्हें आ जाएगी, फिर उसे ट्राई करने की भी क्या ज़रूरत है? लड़कियां इस मामले में मेहनती होती हैं, सेल्स गर्ल के छक्के छुड़ा देती हैं, सैकड़ों टी-शर्ट का ढेर लगा देंगीं, ट्रायल रूम में कई प्रकाश वर्ष का समय लेंगी और फिर अंत में उन चुने हुए कपड़ों को लेने से मना कर देंगी, क्योंकि उनके दाम ज़्यादा हैं या फिर वे एक सटीक जगह पर दिख रही वसा की परत नहीं छिपा रहे।

ये काफ़ी हद तक हंटर-गैदरर (शिकारी, वस्तुएं एकत्र करने वाले) सिंड्रोम है। लड़कियां हर चीज़ के बारे में पूरी तरह से योजना बनाते हुए उन्हें एकत्र करती हैं, अगली फसल के बारे में भी सब तय कर लेती हैं और लड़के एक बार ही शिकार करके लाते हैं और घर जा कर उससे खेलते हैं (जैसे डिनर के लिए भैंसा ले आना)

लड़के नतीजों पर केंद्रित होते हैं; जैसे शादाब परवेज़।

लड़कियां प्रक्रिया केंद्रित होती हैं; जैसे अर्निका।

उसके पास शॉपिंग के लिए दो लिस्ट हैं, एक उसकी और एक शादाब के लिए! वह लड़का लगातार उसे हर कॉफी या इलेक्ट्रॉनिक शॉप में रुकने के लिए कह रहा है, क्योंकि वे इस समय चंडीगढ़ के शॉपिंग हब सैक्टर-17 में वह ज़रूरी सामान लेने निकले हैं, जिसकी कॉलेज में ज़रूरत होगी।

शादाब के हाथों में बहुत सारे कैरी बैग्स हैं।

उनकी लिस्ट में से तक़रीबन सभी चीज़ों पर टिक लग चुके हैं।

अर्निका की शॉपिंग लिस्ट

- एक जोड़ी जींस
- एक जोड़ी हील
- एक फॉर्मल स्कर्ट
- एक ड्रेस, एक शार्ट ड्रेस (जी, साथ में लिखा है)
- कुछ सेक्सी लिंगरीज़

सच, यह सब कितना तक़लीफदेह लग रहा है। लड़के को ही उसके लिए लिंगरीज़ चुननी पड़ रही हैं, जबकि वह उसे इनमें देख तक नहीं पाएगा।

"वाउ... थक गई!" अर्निका ने न्यू एस्पिरिट स्टोर में एक बेमतलब की सैर के बाद कहा।

"ज़रा बताना तो।" शादाब ने पेट में हलकी गड़गड़ाहट होते ही मुंह से कुछ थूका और हाथ में पकड़े बैग्स से जूझने लगा।

वह उन लड़कों में से नहीं, जो आगे आकर दरवाज़े खोलते हैं और रूमाल उठाते हैं, पर फिर भी वह यह सब कर रहा है।

इस बार सब स्पेशल है।

दस दिन में तो वह जाने वाली है।

"ओह... इसमें मेरी क्या ग़लती है?... अचानक ही किसी को माचो बनने का शौक़ चढ़ गया है और सारे बैग उठा लिए हैं, जबकि लड़की ने उसे दो बार कहा है कि कुछ बैग उसके हाथ में दे दे।" उसने बड़े प्यार से उसके गाल खींचे।

"मैं चाहता हूं कि जब तक हम अगली ऐसी शॉपिंग न करें, तुम इस दिन को याद रखो।"

उसकी आवाज़ भावुक हो रही थी। उन पलों में बहुत ही अलग, जाने किसी छोर से आती हुई!

लड़की भी चुप है!

लड़का भी चुप है!

आंखों में हलकी नमी। वह इन्हें छलकने नहीं देती। उन्हें पता था कि एक-न-एक दिन ऐसा होना ही था।

"चलो प्रिंसेस शादाब, पहले तुम्हें कुछ खिलाएं-पिलाएं, फिर तुम्हारी लिस्ट का सामान लेंगे।" उसने अपनी बांह उसकी बांह में डाल दी और शादाब का जी चाहा कि भरे बाज़ार में ही उसे चूम ले। उसने बमुश्किल अपने ऊपर काबू पाया।

"जी... मिस्टर! आपने अपने सैड ह्यूमर से मूवमेंट को किल कर दिया।" फिर वे दोनों पास ही रेस्त्रां की ओर चल दिए।

रेस्त्रां में

वह दरवाज़ा खोलता है। कुछ ही मिनट बाद, उसके लिए कुर्सी भी खींचता है।

“मैं नार्निया में हूं... या तुम्हारे शरीर पर किसी एलियन का क़ब्ज़ा हो गया है?” अर्निका ने उसके पास बैठते हुए मज़ाक़ किया। वह उसके सामने बैठने के बजाय साथ आ बैठी।

वह भी उसके पास बैठना चाहता है। आख़िरी बार के लिए बीच की दूरी को घटा देना चाहता है।

वे दोनों एक दूसरे की आंखों में देखते हैं और उम्मीद करते हैं कि यह पल हमेशा के लिए ठहर जाएं।

एक दूसरे की आंखों की पुतलियों में अपनी परछाईयां तलाशते हैं... उनकी एक छोटी पर आत्मविश्वास से भरपूर छवि।

“गुड आफ़्टर नून मैम-सर!... पानी बोतल का या रैगुलर?” वेटर ने उस पल को बिखेर दिया।

“कुछ भी, जिसमें तू डूब मर सके।” वह धीरे से बोला और वह हंस दी, और वेटर को इशारा किया कि वह बोतल वाला पानी ले आए।

इसके बाद लंच का ऑर्डर दिया गया। चाइनीज़! अब उसका भी फेवरेट हो गया है।

वह उसके लिए सूप ठंडा करती है। दिसंबर में मिलने तक शायद यह आख़िरी लंच है। वह धीरे से फूंक मार कर सूप ठंडा करती है और वह भी चम्मच के उसी हिस्से से सूप पीता है, जिसे उसके होंठों ने छुआ था।

खाने की प्लेटें जल्दी ही साफ़ हो जाती हैं। वे उस स्टेज को पार कर चुके हैं, जहां डेट पर बड़ा संभल-संभल कर बाईट लिए जाते हैं, ताकि वे एक-दूसरे को भूखे शैतान न लगें।

“कुछ मीठा”? वेटर मेज़ साफ़ करने लगा, तो शादाब ने पूछा।

“हां, अगर मेन्यू में तू हो तो...” अर्निका ने आंख मारी।

वेटर शर्मा गया।

“क्या यह इंतज़ाम हो सकता है?” वह पहले से सकुचाए हुए वेटर से पूछता है।

“शादाब...” वह उसकी बांह पर टहोका देती है। “चैक...” फिर वेटर से बिल लाने को कहती है।

वेटर उसी स्पीड से जाता है और बिल लाकर रख देता है। शायद वह उनकी मंशा से घबरा गया है।

“सर!” वह उसे शादाब की तरफ़ बढ़ा देता है। वह देने ही लगा कि अर्निका ने खींच लिया।

“अरे यह क्या...?”

“ट्रीट मेरी ओर से है।” वह मॉम के क्रेडिट कार्ड को स्वीप जर्नी पर भेज देती है।

“और मौका क्या है...”? वह चैक कॉपी से उसका क्रेडिट कार्ड निकालता है और अपना कार्ड उस कॉपी में रख देता है।

“मुझे आज एहसास हुआ कि तुम मेरी ज़िंदगी में घटने वाली सबसे बढ़िया घटना हो और मुझे इस एहसास का जश्न मनाना है।”

वेटर हलका-सा इशारा देता है कि वह भी वहां मौजूद है।

वह अपना कार्ड वापिस रखते हुए, उसका कार्ड वहां रख देती है। वेटर लेकर चला जाता है।

“चलो, अब तुम्हारी लिस्ट पर काम करे”। उसने एक आह भरी।

“मत जाओ न!” वह अचानक बोला।

खोखली बात!! अर्निका ने चुप रहना ही ठीक समझा।

“चलो चलें!” वेटर के आते ही वह बोली। अब वह उसकी आंखों में नहीं झांकना चाहती। इस तरह तो अपने ऊपर क़ाबू पाना मुश्किल हो जाएगा।

“चलो चलें।” उसने भी वह बात दोहरा दी।

इससे ज़्यादा चोट नहीं पहुंचेगी। धीरे-धीरे उन्हें एक दूसरे से अलग रहने की आदत हो ही जाएगी। ...हां, हो सकता है... आदत हो सकती है।

25 जून 2010

लिस्ट

लड़कियों को अपने ब्वॉयफ्रेंड्स के लिए ‘डू और डू नॉट लिस्ट’ बनाना इतना अच्छा क्यों लगता है? जब वे पहले ही तय कर लेती हैं कि अपनी बात से एक इंच भी यहां-वहां नहीं होंगी, तो फिर वे सलाह लेने का ढोंग क्यों करती हैं?

लड़के यह सब क्यों होने देते हैं? शायद अंदर ही अंदर वे भी इस बात से सहमत होते हैं कि लड़कियां कहीं अधिक विवेकी, भावात्मक रूप से स्थिर, और निश्चित रूप से बेहतर निर्णय लेने वाली होती हैं, हालांकि वे कभी खुल कर इस तथ्य को नहीं स्वीकारते, यह एक अलग बात है।

"शादाब, क्या तुम मैसेज करना छोड़ कर मेरी बात सुनोगे?" अर्निका ने गुस्से से कहा। वे अपने घर के पास बने एक सीसीडी में थे।

वह अपना लैपटॉप भी साथ लाई है। जी हां, वह उसके लिए 'करें, न करें' टाइप की लिस्ट बनाने वाली है, जो उसके यूएस जाने के बाद काम आएगी।

"हां... कहो।" वह उसकी तरफ़ देखे बिना ही अपने ब्लैकबेरी बोल्ड के कीपैड पर उंगलियां चलाता रहा। क्रिकेट बातचीत से कहीं ज़्यादा ख़ास होता है, लड़कियां यह बात कब समझेंगी?!

"सुनो, मुझे आधे घंटे में वापिस जाना है। मॉम यही शिकायत करती रहती हैं कि आजकल तुम मेरे लिए उनसे भी ज़्यादा ख़ास हो गए हो... मुझे उनके साथ भी कुछ समय बिताना है... तो क्या तुम हर दो सैकंड के बाद स्कोर देखना छोड़ सकते हो...?" वेटर ऑर्डर ले आया, तो बात बीच में ही कट गई

चॉकलेट फैंटेसी का सिंगल स्लाइस और दो कैफ़ेचीनो। उसके ब्रू पर चॉकलेट से एक दिल बना है।

उसने हमेशा की तरह ऑर्डर देते समय वेटर से इसे बनाने को कहा था।

अर्निका ने वेटर पर एक नज़र डाली। आम कॉलेज छात्र। बस, शादाब का सिर ऊपर उठाने और क्रिकेट का रोमांस हवा करने के लिए इतना करना ही काफ़ी था।

अर्निका ने दोस्ताना अंदाज़ में वेटर से कहा "...अरे, तुम्हें पहले कभी देखा नहीं, नए आए हो क्या?"

शादाब की उंगलियां वहीं थम गईं और सिर ऊपर हो गया। मोबाइल को जेब में छिपाते देर नहीं लगी।

वेटर हैरान था कि अपने ब्वायफ्रेंड के साथ बैठी हॉट चिक को

अचानक उससे बात करने की क्या नौबत आन पड़ी? वह सलीक़े से बोला, "जी मैम!"

अर्निका ने कॉफी की चुस्की ली। शादाब हैरान है।

"ओह... दिनेश!" अर्निका नेमप्लेट से उसका नाम पढ़ कर मुस्कुराई, "क्या थोड़ी चीनी और ला सकते हो?" उसने अपनी आंखें मटकाईं। वेटर की बांछें खिल गईं। वह काउंटर की तरफ़ भागा।

शादाब ने कॉफी उठा कर चुस्की ली।

फिर अदा से बोला "चीनी तो ठीक है।"

"ओह अच्छा! मैंने ध्यान नहीं दिया होगा।" अर्नि भी कहां कम है। उसने उसे देख कर आंख मारी।

जलन का मारा बेचारा। यह नुस्ख़ा हमेशा काम आता है।

"ओ.के. फाइन...।"

इस बार वेटर ने उसकी बात काट दी।

"मैम!" वह चीनी का पाउच लाया था।

जब शादाब ने पहले ही उसके हाथ से पाउच छीनते हुए कहा, "लाओ, इधर दो" तो अर्निका ने वेटर को शर्मिंदगी से भरी मुस्कान दी। वेटर उलझन में पड़ गया और वापिस चल दिया।

"ठीक है, अब तुम मेरा रोम-रोम तड़पा चुकी हो... बोलो क्या बात है?"

ओह जेलसी। वह अपने लैपटॉप को खोलते हुए खिलखिला दी और कुछ 'की' दबाते ही माइक्रो सॉफ्ट वर्ड खुल गया।

उसने पेज को एक शीर्षक दिया व उसे दिखाया –

डू और डोंट डू, शादाब परवेज़ और अर्निका सिन्हा इन्हीं के हिसाब से चलेंगे... .

"तुम मज़ाक तो नहीं कर रहीं?" उसने अपने हाथ खड़े कर दिए।

"मैं इसके बारे में... हम दोनों के बारे में सीरियस हूं... तुम चाहे हो न हो।" उसने लैप का स्क्रीन बंद करने का दिखावा किया।

“नहीं, रुको अर्नि! तुम जानती हो कि मुझे इसकी कोई ज़रूरत नहीं है।” उसने उसका हाथ पकड़ते हुए लैप का स्क्रीन बंद करने से रोका।

“शादाब हमें इस बारे में प्रेक्टिकल होकर सोचना होगा। हम अठारह के हो गए हैं। हे भगवान! अठारह के... मेरा मतलब है कि हम अभी तक यह भी नहीं जानते कि हम अपनी ज़िंदगी से चाहते क्या हैं?

तुम अपनी कहो।”

उसे ठेस लगी। वह जानता है कि वह क्या चाहता है। उसे अर्नि चाहिए।

वह प्यार से उसके बाल सहलाती है, “मुझे पता है बाबा... बस हमें पहले से ही कुछ बातों को तय कर लेना होगा।”

“जैसे?” उसने केक के स्लाइस से एक स्कूप लिया।

“ओ.के.।” उसकी उंगलियां लैप के की-बोर्ड पर चलने लगीं। उसने एमएस पेज को उपशीर्षक दिया और लिखे जाने वाले शब्दों को नंबर दिए गए।

उपशीर्षक

हमें हमेशा करना होगा (Do's)

1. एक दूसरे पर भरोसा

“ठीक है... अगर मैं फेसबुक पर एक ऐसी तस्वीर अपलोड करूं, जिसमें एक हॉट सेक्सी लड़की इनहाउस पार्टी में या कहीं और मुझ पर गिरी दिखाई दे... तो तुम समझ जाओगी कि वह सिर्फ़ एक दोस्त है।” उसने इन वाक्यों को पढ़ने के बाद कहा।

“हां... जैसे तुम अगर किसी रात मुझे फ़ोन करो और कोई अमरीकन लड़का वह फ़ोन उठा ले... तो तुम हंगामा नहीं मचाओगे... वह मेरा दोस्त ही होगा।” अर्नि ने जवाब दिया।

जैसे को तैसा। छोर मिले, टकराए नहीं, दोनों के लिए 1-1।

2. आपसी संप्रेषण ओफ़्फ़ोह यह पुअर हिंदी, चलो कम्यूनिकेट वह टाइप करती है।

शादाब ने पूरे आत्मविश्वास से कहा, "यहां कोई दिक़्क़त नहीं होगी। हम नियमित रूप से एक-दूसरे की फेसबुक वॉल पर कुछ न कुछ पोस्ट करेंगे... स्काइप करेंगे और फिर ब्लैकबेरी मैसेंजर तो है ही!... मुझे टेक्नोलॉजी से बहुत प्यार है।" उसने बात ख़त्म की।

"हां... मैंने हम दोनों के लिए इसका पूरा ख़ाका बना दिया है... मेरा कॉलेज दो बजे बंद होगा और मैं ज़्यादा-से-ज़्यादा तीन बजे तक हॉस्टल आ जाऊंगी... तो" समय के अंतर का हिसाब लगाते समय उसकी आंखें हलकी-सी सिकुड़ीं।

वह इस बात पर मुस्कुराया। लव है न!

"न्यूयार्क दिल्ली से 8.5 घंटे पीछे है, इसलिए तुम मुझे आधी रात को या उसके बाद फ़ोन कर सकते हो।" उसने कहा।

"ओ.के.! तुम्हें मुझे अपनी लाइफ के बारे में एक-एक बात बतानी होगी... किसी तरह का छिपाव न रहे... कभी-कभार हम मेरे तरीक़े से वीडियो चैट भी करेंगे...।" शादाब ने दांत निपोरे।

"सिक..." वह बुदबुदाई।

"कमॉन! मैं एक आम लड़का हूं... मेरी भी अपनी ज़रूरतें हैं।" उसने चॉकलेट केक का एक और टुकड़ा लिया और होंठों के पास लगी चॉकलेट को जीभ से साफ़ करने लगा।

"तुम्हें इस बारे में इतनी सफ़ाई देने की आवश्यकता नहीं है। अपनी लिस्ट पर वापिस आओ!"

"लिस्ट पर आओ... ."

अचानक शादाब बोला। "सुन-सुन... खाने को कुछ और मंगा लें क्या? मुझे बड़ी भूख लग रही है।"

"हे भगवान! तू भी अजीब लड़का है!!! तुझे तो खाने-सोने और सेक्स के सिवा कुछ सूझता ही नहीं है।"

"ओए... तू क्रिकेट और प्लेस्टेशन को तो भूल ही गई" उसने बड़े

ही भोलेपन से कहा और जल्दी से वेटर को बुलाने के लिए सिर घुमा दिया।

वही वेटर आया। इस बार वह नीचे देख रहा है।

शादाब ने ऑर्डर दिया।

"दो चॉको लाते, एक चिकन सैंडविच और एक चॉकलेट ब्राउनी और हुम्म... .हो गया?"

"तू एक ही चॉको लाते मंगा... मैं निकल रही हूं।" अर्नि के स्वर में ठंडापन था।

"नहीं रुको।" उसने उसकी बाजू पकड़ी और वेटर को संकेत किया कि वह ऑर्डर लाए।

वेटर मन-ही-मन भुनभुनाता हुआ लौट गया।

"ओह... लैपटॉप कहां गया...?"

"मेरे बैग में...।" अर्नि ने कहा।

"उसे बाहर निकाल... हमें लिस्ट पूरी करनी है। लगता है कि अर्नि, अब तुझे हमारी चिंता नहीं रही। अर्नि इस चीज़ को थोड़ा सीरियसली ले ले।" उसने उसकी आवाज़ की नकल की।

"मुझे तो यक़ीन ही नहीं होता कि मैं तेरे जैसे के साथ हूं।" उसने बैग से लैप निकाला और खोलते हुए बोली।

"मुझे भी।" इस बात का हलके स्वर में उत्तर आया।

"मैंने सुन लिया।" अर्नि के स्वर में ताना था।

"हां... अर्नि... मेरे जैसा बंदा तेरे लायक़ नहीं है... मतलब तू ज़रा अपने को देख... पूरी तरह से परफेक्ट और कोई मुझे देखे!!!!"

अर्नि ने उसे ध्यान से देखा और मुस्कानें लौट आईं।

यह तरीक़ा हमेशा काम आता है। गर्लफ्रेंड को एहसास दिला दो कि वह दोनों में से बेहतर है। भारी-भरकम तारीफ़ों के कुछ पुल बांधो और आंखों में हलकी-सी नमी दिखा दो, बस, बन गई बात!!!!

वेटर ऑर्डर ले कर लौट आया।

शादाब अपने दांतों से कैचअप का पाउच खोलने लगा।

"हे भगवान! इसका क्या करूं...?" अर्नि ने एक मिनट में अपनी नाजुक पतली उंगलियों से पाउच खोल दिया। उंगलियां दांतों से बेहतर काम करती हैं।

"तो... लिस्ट लाओ।" शादाब ने चिकन सैंडविच से बड़ा-सा बाइट लिया।

"ठीक है।" अर्नि लाते से एक बड़ा-सा घूंट लेकर फिर से टाइप करने लगी।

3. एक-दूसरे को स्पेस देना

शादाब कुछ कहने को था, पर अर्नि ने उसे बीच में ही रोक दिया और बोली "एक दूसरे को स्पेस देने से मेरा मतलब यह है कि... पिछले एक साल से हम पूरे-पूरे दिन में तक़रीबन दस-दस घंटे साथ रहे हैं। ...अब काफ़ी कुछ बदल जाएगा... हर रोज़ फ़ोन का मतलब यह भी नहीं कि तुम मुझे हर पंद्रह मिनट बाद फ़ोन करके रो-पीट रहे हो। ओह बेबी! आई मिस यू, जल्दी वापिस आ जाओ।" अर्नि ने आख़िरी वाक्य को थोड़ा नाटकीय बना दिया।

"ओ.के., शादाब ने हामी दी।" चिकन सैंडविच उस लिस्ट से कहीं ज़्यादा मायने रखता है, जिसके बारे में उसे पता है कि कोई भी उसके हिसाब से नहीं चलने वाला।

"बढ़िया! वह मुस्कुराई।" यह काम तो अर्नि की सोच से कहीं आसान निकला।

4. एक-दूसरे को समर्थन देने का प्रयास करेंगे

"पर हम तो पहले से ही ऐसे हैं।" शादाब ने उंगलियां चाटते हुए कहा।

"ओए मत कर। ज़रा याद कर, जब मैंने कहा था कि मुझे साल्सा सीखना है और मैडम ने अनमोल से मेरी जोड़ी बना दी थी, तो मुझ पर कौन चिल्लाया था? और फिर अपनी थियेटर प्रेक्टिस क्लास में भी नहीं गया था... और हां, जब मैं बालों को कलर करना चाहती थी... किसने

सारा आसमान सिर पर उठाया था?... और वह पॉर्किंग लॉट वाली लड़ाई... बेचारे लड़के ने जान कर एक्सीडेंट नहीं किया था।"

"अनमोल पूरा लीचड़ था, रंगे बालों में तुम बिल्कुल अच्छी नहीं लगतीं और ड्राइवर को मशीनों की देखरेख करना आना चाहिए।"

"मैं उस लड़के को जरूरत से ज़्यादा टच न करने देती और बाल रंगने का फैसला तो मेरा अपना था..." अर्नि ने बात जारी रखने से पहले गहरी सांस ली। "सुनो... ये सब इसलिए चल गया, क्योंकि मैं नहीं चाहती थी कि तुम्हारा दिल दुखे या तुम्हें गुस्सा आए... पर जब मैं यहां से दूर रहूंगी, तो तुम समझ सकते हो कि मैं क्या कहना चाह रही हूं...।"

अर्नि ने गहराई से उसकी आंखों में झांका।

"ठीक है, फिर मैं भी इस झाड़-झंखाड़ को शेव करा लूंगा और अपनी भौं छिदवा लूंगा।" शादाब ने उमंग से कहा।

"नहीं, ऐसे तो तुम गे लगोगे। ...वैसे जो जी में आए करो... कम-से-कम मैं निश्चिंत रहूंगीं, कोई लड़की तुझ पर लाइन नहीं मारेगी..." वह हंस दी।

शादाब ने दिखावा किया कि उसे बुरा लगा।

ओ.के.। डू नॉट शुरू करते हैं।

"ठहर!!! मुझे इसमें कुछ जोड़ना है।"

"क्या??????"

शादाब लैप को अपनी ओर मोड़कर लिखने लगा।

5. ख़ास दिन याद न रखना। मैं जो भी पहनूं, इस बात पर न लड़ना, पढ़ाई के लिए भाषण न देना। बहुत सारा साइबर कै...

अर्नि ने लैप छीन लिया और बात पूरी नहीं करने दी।

"कुछ और?" उसने पूछा।

"हां।" वह बोला।

"क्या?" अर्नि के स्वर में हलकी-सी खीझ।

आई लव यू!!!!

शादाब ने उसकी आंखों में देखा।

अर्नि ने उसकी आंखों में देखा

यह उनका प्रिय खेल है।

वह हमेशा हारता है।

इसके बाद अर्नि की मुस्कान ही उसका असली इनाम होती है।

अर्नि का सैल बजा और आज वह हार गई।

"हैलो... हाय मॉम! हां... बस, निकल रही हूं... मुझे पता है मॉम!"

वह लगातार उसे देख रहा है, जैसे उसके क़तरे-क़तरे को आंखों से पी लेना चाहता हो। बाल, कुदरती तौर पर सीधे, काजल से कजरारी प्यारी आंखें। तीखी नाक, गहरी नेकलाइन, हलकी उठी हुई चीकबोन्स और पतले होंठ, सब कुछ!

अर्नि ने उसके आगे उंगलियां घुमाईं, तो जैसे वह नींद से जागा।

"क्या है?" उसने मुस्कुरा कर पूछा।

"कुछ नहीं।" वह नीचे देखने लगा।

"ओ.के.... मुझे चलना होगा... मुझे लगता है कि डूज़ ही काफ़ी हैं। बस इसके उलट जो भी होगा, उसे हम डोंट डू में डाल देंगे। मैं तुम्हें भी एक कॉपी मेल कर दूंगी।" अर्नि ने बची कॉफी को बड़े घूंट में ख़त्म किया और वेटर को बिल लाने का इशारा किया।

"मत जाओ।" वह अचानक बोला

"जाना पड़ेगा... राशि आंटी आई हैं... वे कल सिंगापुर जा रही हैं, मुझे उनसे मिलना है।"

वेटर बिल ले आया।

"मैं ले लेती हूं।" अर्नि ने उससे बिल ले लिया। आज शादाब किसी भी तरह की बहस या ज़िद के मूड में नहीं है।

"चलो चलें।" अर्नि बिल दे कर उठ खड़ी हुई।

"मत जा।" उसने फिर दोहराया।

"मैंने कहा न... जाना पड़ेगा... अब चल जल्दी!" उसने उसे कंधे से पकड़ा। वह उठ गया। वे उसकी गाड़ी तक गए और शादाब ने अर्नि को घर छोड़ दिया।

जब अर्नि ने कार से निकलते समय उसका गाल चूमा तो भी उसके मुंह से यही निकला “मत जा!”

“जाना होगा... आंटी!”

उसने बात काटी, “यहीं रह जा... आई लव यू।” उसकी आवाज़ शांत है। बहुत शांत, मानो उसके दिल की गहराइयों से आ रही हो। यह बात बड़ी मायने रखती है।

वह पल-भर के लिए आंखे मूंदती है, गहरी सांस लेती है, ‘बाय!’ बस, यह कहते ही अपने घर के गेट से अंदर चली जाती है... पीछे मुड़ कर देखती तक नहीं...

11

और यह आख़िरी विदाई का वक़्त है और रिलेशनशिप को एक–दूसरे लेवल पर ले जाने का भी...

7 जुलाई 2010

मध्यम रोशनी। धीमा संगीत। एक कमरा, जो अक्सर ही साफ़ नहीं होता, आज विशेष जतन से साफ़ किया गया है, हलकी सुगंध महसूस की जा सकती है। दीवारों पर दिल के आकार के गुब्बारे हैं। एक बड़ा-सा ग्रीटिंग कार्ड, जिस पर लिखा है 'मिस यू', उसे कमरे के ठीक बीचों-बीच रखा है। फर्श पर चारों तरफ़ गुलाब की पंखुड़िया बिखरी हैं। बिना जली मोमबत्तियां भी हैं... क्योंकि उसने पहले तो किसी को भी कमरे में आने ही नहीं दिया। जैसे ही अर्निका ने शादाब के कमरे में घुसते ही यह सब देखा, तो उसने अंदाजा लगा लिया कि इन सबका अंत कहां जाकर होगा।

पर्दों की दरारों से ढलती सूरज की रोशनी छितरा रही है। शाम के छः बजे हैं। उनका आज एक साथ आख़िरी दिन है, कल सुबह की फ्लाईट से वह यू.एस. चली जाएगी, इसलिए आज के दिन की और भी अहमियत हो जाती है।

मॉम डैड के साथ ब्रेकफास्ट।

उन्होंने उसे एक सोने की चेन और मौंट ब्लांक पेन तोहफ़े में दिया, जिसे अर्नि ने लेने से बहुत इंकार किया।

उसके मां-बाप को अर्नि से लगाव है।

उसके साथ की वजह से ही उनका बेटा स्कूल, शिक्षा और जीवन जैसे मसलों पर पहले से कहीं केंद्रित, दृढ़ निश्चयी और गंभीर हो गया है।

फिर वे इस बात से भी ख़ुश हैं कि उनके बच्चे बॉलीवुड स्टाइल रोमांस नहीं करते, जहां टीनएज में लव होते ही शादी करने का फैसला कर लिया जाता है और ज़िंदगी के बुनियादी तौर-तरीक़ों जैसे कि करियर और शिक्षा को अनदेखा कर दिया जाता है।

दोनों तरफ़ से माता-पिता ने मित्र, मैंटर और अभिभावक बनने की पूरी कोशिश की है। वे पूरे लचीलेपन के साथ अपने फैसलों और मार्गदर्शन के मामले में दृढ़ हैं। दोनों तरफ़ की मांओं को अपने बच्चों की भावनाओं का पता चलता है, तो वे आम मांओं की तरह सदमा नहीं खातीं। शादाब के पापा भी तो पिछले बाईस सालों से हर रात अपनी गर्लफ़्रेंड के साथ बिताते आ रहे हैं और शादाब अठारह का है।

उसने नाश्ते के बाद अर्नि को उसके घर छोड़ा और रीतेश को साथ लिया, उसकी मॉम और उनकी दोस्तों के लिए शाम के मूवी शो के टिकट बुक करा दिए, ताकि वे रात को देर से घर आएं और पापा की सैक्रेट्री से दो बार पक्का पता कर लिया कि रात को वह एक क्लाइंट के साथ डिनर लेने वाले हैं।

वे दोनों ही सारे काम निपटा कर केमिस्ट के पास से होते हुए, शादाब का कमरा सजाने आ गए। इसे तो ख़ास होना ही चाहिए। पहली बार जैसा कुछ ख़ास!!!

"तुम्हें पता है न कि इसका इस्तेमाल कैसे करना है?... ठीक... इसका एक तरीक़ा होता है।" रीतेश ने उससे पूछा।

"हां... मैंने गूगल पर सब देख कर इसकी प्रेक्टिस भी कर ली है।"

दोनों ने हाई फाइव किया और आगे की तैयारियों में लग गए, इसके बाद वे फेयरवेल लंच के लिए निकले।

आंसुओं से भरी गुडबाय और सुबकियों के बीच हंसी और ठहाके कुछ पुरानी यादें और क़िस्से, बहुत सारे टकीला शॉट और रम बॉल्स। फिर शादाब उसे घर छोड़ आया।

अर्नि की पक्की सहेली बानी ने उसे एक चैनल परफ्यूम, एक मग; जिस पर उन दोनों की तस्वीर है, एक स्विस नाइफ और पैपर स्प्रे दिया है।

"अगर वह कुछ ज़्यादा ही सख़्त तरीक़े से पेश आया, तो तुम्हें इसकी ज़रूरत होगी।" वह उसके कान में फुसफुसाई और इसके बाद जो दोनों खिलखिलाई, तो शादाब से छिपा न रहा। बेशक अर्निका उस चीज़ को कमरे में नहीं लाएगी।

"आई लव यू।"

अर्नि को अपने कंधे पर शादाब की गर्म सांसें महसूस हुई। जानी-पहचानी पर फिर भी घबराई हुई।

वह इसके लिए तैयार है। इसे कहते हैं रिलेशनशिप को अगले लेवल तक ले जाना। यह उन पलों को एक साथ जीने का प्रतीक है, सारे जीवन के लिए एक छाप छोड़ने का समय!!!!

उसके हाथ पीछे की ओर से अर्नि की कमर को घेर लेते हैं, अर्नि को अपनी गर्दन के खुले हिस्से पर शादाब के होंठों का स्पर्श महसूस होता है।

वह भी पलट कर उसे बांहों में भर लेती है, मानो पूरी तरह से अपने में समा लेना चाहती हो।

"आई लव यू।"

इस बार वह उसके बालों को चूमते हुए कहता है। अर्नि ने आंखें बंद कर ली हैं। वह उसकी ठुड्डी ऊपर उठाता है। होंठ मिलते हैं। नरम। मानो कोई पंख पानी की सतह से गुज़र जाए।

यह किस आज बहुत अलग है। इसमें हारमोन कम और इमोशन ज़्यादा है।

उसका हाथ अर्नि की स्कर्ट की हैम पर जाता है। अचानक वह लजा जाती है। ऐसा नहीं कि वे पहली बार एक दूसरे को महसूस कर रहे हैं, पर आज सब कुछ अलग है।

"वायदा करो कि तुम मुझे कभी भूलोगे नहीं... मेरा भरोसा कभी नहीं तोड़ोगे...।" पल भर के लिए होंठ जुदा हुए तो अर्नि बोली।

"नहीं... मैं कभी तुम्हारा भरोसा नहीं तोड़ूंगा।" वह हांफ रहा है। इस बार का किस तो और भी ज़्यादा जुनून से भरा था। जैसे वे एक-दूसरे के भूखे हों। उनकी जीभें आपस में टकराईं...."मैं तुमसे प्यार करता हूं... तुम्हें धोखा नहीं दे सकता।"

"गुड... वरना मेरा स्विस नाइफ होता और तुम्हारा...।" वह अचानक बोली।

उन दोनों की हंसी छूट गई।

"क्या है अर्निका... सब कितना रोमांटिक चल रहा था।" उसने उलाहना दिया।

"अच्छा?" उसने अपना टॉप खोलते हुए कहा, "इतना था क्या????" चेहरे पर नटखट मुस्कान थी।

शादाब ने भी झट से पैंट खोली और स्पांजबॉब बॉक्सर्स में दिखाई दिया, "न... इतना रोमांटिक चल रहा था।"

जब वे दोनों पलंग पर बैठे, तो वह बोली, "मैं जानती हूं कि तुम यह सब किसी दूसरी लड़की के साथ नहीं करोगे? इसलिए नहीं कि मुझे तुम पर भरोसा है, बल्कि अगर कोई लड़की तुम्हें ऐसे बॉक्सर्स में देख लेगी, तो पल-भर में ही भाग खड़ी होगी।" ... और भी ठहाके छूटे।

यह हो क्या रहा है? यहां तो ऐसे नहीं होना चाहिए था। उन्हें तो डर से अधमरा दिखाना चाहिए कि वह क्या करने जा रहे हैं।

उसने तय कर लिया कि अब अर्नि को फाइनल सरप्राइज़ देने का समय हो गया है। उसे पता है कि उसे देखते ही अर्नि के छक्के छूट जाएंगे। यह काफ़ी दर्दनाक था, पर जब प्यार की बात आती है तो सब चलता है। यह बाजी प्यार के नाम थी।

वह पलंग से उठा और उस पर खड़ा हो गया

"क्या????? एक बात साफ़ बता दूं। मैं किसी तरह के आड़े-तिरछे पोज़ नहीं करने वाली... इसे सिंपल रहने दो... जैसे कि यह होता है...।" उसने नशीले अंदाज़ में कहा।

"अर्निका यह रहा फाइनल सरप्राइज़... यह तुम्हें बताने के लिए है कि चाहे तुम हज़ारों मील दूर चली जाओ... हमेशा मेरे दिल के पास ही

रहोगी।" कहते ही उसने झट से टी-शर्ट उतार दी। छाती पर दिल के पास ही अर्निका के नाम का परमानेंट टैटू खुदा था।

अर्नि का गला रुंध गया। यह सब इस हद तक तो नहीं होना चाहिए था। उसने हमेशा यही कोशिश की कि उन दोनों के बीच हमेशा एक सीमा-रेखा रहे, पर वह तो इसे पार करने के लिए बहुत आगे तक चला गया था।

"आई लव यू" उसने उसे अपने ऊपर खींच लिया। "मैं तुम पर दिलो-जान से फ़िदा हूं, शादाब परवेज़।" और फिर उन दोनों ने एक दूसरे से प्यार किया। यह सेक्स नहीं होता।

और फिर एक वेट नाइट... हां काफ़ी हद तक तरल!!!!

"मत जाओ" जब अर्नि ने पिछले दो घंटे में उसकी दसवीं कॉल ली, तो शादाब के पहले शब्द यही थे।

"ओ.के.।" वह झट से फुसफुसाई। आज मॉम उसके साथ सो रही हैं। अर्नि के पहले पीरियड शुरू होने के बाद से अचानक मां के प्यार का सोता भी बह निकला है।

दोबारा वाशरूम जाने का बहाना ठीक नहीं होगा। वह छः बार जा चुकी है, ताकि शादाब को यह समझा सके कि वह भी उसे कितना याद करेगी।

"प्लीज़... क्या तुम पांच मिनट के लिए चोरी से बाहर आ सकती हो?" वह गिड़गिड़ाया।

"शादाब!" अर्नि ने मुंह पर चादर ले ली। "रात के तीन बजे हैं और अगले चार घंटे में मेरी फ्लाइट है... मॉम मेरे साथ सो रही हैं," उसने अचानक मॉम का हिलना महसूस किया।

"तो," आज तो जैसे वह कोई भी कारण या तर्क सुनना ही नहीं चाहता।

"तो... मैं अभी बाहर नहीं आ सकती... वैसे भी कल तो तुम हमारे साथ एयरपोर्ट चल ही रहे हो... चिंता क्या है?" अर्नि बहुत धीरे से बोली। शादाब की तरफ़ से कोई जवाब नहीं आया।

रात स्थिर है।

संगीत की हलकी-सी ध्वनि चुप्पी को तोड़ रही है।

उसकी सेंटी प्लेलिस्ट बज रही है।

"आई... लव... यू।" उसकी आवाज़ सुबकियों में डूबी है। लड़कों को भी अपने प्यारे खिलौनों के लिए रोने की इजाज़त होती है।

"क्या तुम रो रहे हो?... तुमने वायदा किया था कि ऐसा नहीं करोगे।" इस हक़ीक़त ने अर्नि के कलेजे को चीर दिया। दिल में दर्द की लहर-सी उठी और आंखों में नमी आ गई।

"नहीं... मैं रो नहीं रहा...।" यह भावनाएं तो कहीं भी अपना रंग दिखा देती हैं। रिसीवर पर दोनों तरफ़ से ही भाव उमड़ पड़े। यह कुछ मिनट घंटों से भी बड़े थे, जब आंसू टपके!!!!

"बस छः महीने की बात है... फिर हम रोज़ स्काइप पर मिलेंगे... हमारे पास ब्लैकबेरी मैसेंजर भी हैं... यह सब इतना मुश्किल नहीं होगा।" उसने शादाब से ज़्यादा ख़ुद को तसल्ली देनी चाही।

आजकल टैक्नोलॉजी जख़्मी दिलों के लिए मरहम का काम करती है। सस्ती। आसानी से मिलने वाली। किफ़ायती और नतीजे भी पक्के!!

"हां... सुन!! मेरे हिसाब से अब तुझे सोना चाहिए... फ्लाइट लंबी है... तुझे आराम चाहिए... मैं छः बजे आ जाऊंगा... उठते ही मुझे फ़ोन कर देना... मुझे रास्ते से बानी और रीतेश को भी लेना है।" हालांकि शादाब के लिए यह सब कहना आसान नहीं था, पर वह जानता है कि यह बात भी अहमियत रखती है। उसे ख़ुद भी आराम चाहिए। कल उसके जाने के बाद भी बहुत कुछ करना है। अगले हफ़्ते से उसके कॉलेज भी शुरू होने वाले हैं।

"शादाब... लव यू बेबी!" अर्नि ने साथ सो रही मॉम का ध्यान रखते हुए अपनी आवाज़ में भरसक इमोशंस के साथ कहा।

वह चुप रहा। अर्नि को उसकी तरफ़ से एक गीत सुनाई देता रहा...

लीविंग ऑन एक जैट प्लेन

"ऑल माई बैग्स आर पैक्ड, आई एम रैडी टू गो

आई एम स्टैंडिंग हियर आउटसाइड यूअर डोर
आई हेट टू वेक यू अप टू से गुडबाय...
शादाब खुद भी सुबकियां भरते-भरते वह गीत गाता रहा...।

जब अर्निका ने गीत की आख़िरी पंक्ति सुनी, तो उसकी आंख से भी एक आंसू टपका और तकिए में समा गया। उसने फ़ोन काट दिया।

यह सब उन दोनों के लिए ही आसान नहीं होने वाला।

हां। पर वे फिर भी इसे चाहते हैं।

प्यार इंतज़ार कर सकता है। जीवन को तो चलना ही होगा।

12

क्योंकि यह विदाई होती है, गुडबाय नहीं!!!

8 जुलाई 2010

एयरपोर्ट : हर प्रेम-कथा में होता ही है। यह भी एक अजीब जगह है। अवसर पाने का एक मंच; वियोग का एक तीर्थ।

लगेज की ट्रॉली : लड़का हमेशा लड़की के लिए इसे खींचता है, चाहे पोर्टर एक आवाज़ पर आ जाए और सौ रुपए में ले जाने को तैयार हो।

सनग्लासेज़ : लड़के को पहनने ही पड़ते हैं, ताकि दुनिया को यह पता न चले कि रोने के बाद लाल होने वाली आंखें कैसी दिखती हैं। वैसे भी लाली के लिए और जगह है।

लाल गुलाबों का गुलदस्ता : लड़की उन्हें बहुत ही सुरक्षित रूप से पकड़ती है। उसे दिल के पास लगा कर रखती है। उसे ही तो वह फ्लाइट में साथ रखेगी, उनमें से एक फूल को अपनी किसी किताब में जाने कितने सालों तक संभाल कर रखेगी।

वाशरूम का एक मिनट : गर्लफ़्रेंडस को एक-दूसरे के लिए इसकी ज़रूरत होती है। आख़िरी बार गले मिलना, छोटी-मोटी सलाहें देना, थोड़ा-सा मेकअप और थोड़ा-सा टचअप!

कॉफी : जब सभी वेटिंग लाउंज में बैठे हों, तो लड़का अक्सर लड़की की मां के लिए लाता है।

ज़रा सी सलाह : जो कि लड़की की मां, लड़के को देती है। यह साल अपना भविष्य बनाने के लिए है। कड़ी मेहनत, दृढ़ संकल्प, और जुनून जैसे कुछ शब्द भी उछाले जाते हैं।

माथे पर एक चुंबन : जी, यह भी लड़की की मां की तरफ़ से लड़के के लिए होता है। वह अपने लिए उसके आदर, अपनी बेटी के लिए उसके प्यार और उसकी ख़ुशी के लिए उसकी उदासी को एक नई पहचान देती है, सराहती है।

एक्साइटमेंट : लड़की को काफ़ी हद तक महसूस होने लगी है, जबकि अभी तो उसके लंबे समय से देखे गए सपने की शुरुआत भर है।

बोर्डिंग कॉल एनाउंसमेंट : यह वो चीज़ है, जो लड़का कभी सुनना पसंद नहीं करता, पर अनसुना भी नहीं कर सकता।

आंसू : हर विदाई समारोह में होते ही हैं। लड़के को भी कुछ आंसू बहाने की इजाज़त होती है। लड़की को पूरी आज़ादी है कि वह रो-रो कर अपनी आंखों के काजल को बहने दे।

गले लगना : एक आपसी प्यार और अपनेपन का सूचक। लड़की को एक अपनी बेस्ट फ्रेंड से और एक गलबांही लड़के से मिलती है।

गाल पर चुंबन : अगर आप एक लड़की हैं और मॉम साथ खड़ी हैं, तो आप इससे ज़्यादा और कुछ कर ही नहीं सकतीं।

एक पल का साथ : जो कि मां किस्मत से दे देती है। वे विमान में जल्दी सवार होती हैं और कहती हैं 'जल्दी आना'।

कुछ टिश्यू : लड़का अपनी प्रेयसी के गोरे मुख पर बह आई काजल की रेखाएं साफ़ करने के लिए इनका इस्तेमाल करता है। यहां इस टच का भी अपना ही आनंद है। उसकी उंगलियां और लड़की के गाल!

नज़रों का मिलना : लड़का और लड़की, दोनों ही ऐसा करने से बच रहे हैं। नहीं तो बहादुरी का मुखौटा उतर जाएगा।

एक अलविदा हग : जब लड़की को लगता है कि सही मायनों में विदा लेने का वक्त हो गया, तो लड़का उसे गले लगाता है।

पीठ पर थपकी : यह लड़के को अपने पक्के दोस्त से पीठ पर उस समय मिलती है, जब वे लड़की को दरवाज़े की तरफ़ बढ़ते देख रहे होते हैं।

एक अकेला आंसू!
एक भारी दिल!
एक गाना : यह वापसी पर लड़के की कार में बजता है :
सो किस मी एंड स्माइल फॉर मी।
टैल मी दैट यू विल वेट फॉर मी
होल्ड मी लाइक यू विल नेवर लेट मी गो... .

13

प्यार का भी अपना ही हैंगओवर होता है... उनके बिछुड़ने के बाद पहला दिन।

9 जुलाई 2010 (IST)

बज़्ज़...

वह थोड़ा-सा हिला।

वह पलटा।

बज़्ज़... बज़्ज़... बज़्ज़...

उसे अपनी बोझिल आंखें खोलने के लिए एड़ी-चोटी का ज़ोर लगाना पड़ा और फिर बिस्तर में अपना सैल तलाशने लगा। फ़ोन बज ही रहा था कि दो मिनट की मेहनत के बाद वह मिल गया। वह आदतन शुरू हो गया, "हां! अर्नि, उठ रहा हूं...।" वह अचानक रुक जाता है। अब सब कुछ पहले जैसा नहीं रहा। फ़ोन के दूसरी ओर से अलग ही आवाज़ आ रही है। वह तो मॉम की आवाज़ है। अर्नि जा चुकी है।

"शादाब गुड मॉर्निंग कहूं या आफ्टरनून!।" मां के स्वर में हल्के से मज़ाक का पुट था और शादाब हक़ीक़त की ज़मीन से जा टकराया। उसने एक हाथ से अपने घूमते सिर को पकड़ा और घड़ी पर नज़र मारी।

1.30 pm

"हां... हाय मॉम!" उसने काफ़ी देर बाद जवाब दिया, क्योंकि उसका दिमाग़ यह जानने में उलझ गया कि आख़िर वह सोया कब था।

क्या तभी आंख लगी होगी, जब रीतेश और अलीशा उसे फ़ोन पर सलाहें और तसल्ली दे रहे थे?

या तब, जब वह जर्मनी से उसका फ़ोन आने के इंतज़ार में था, उसे रास्ते में वहां रुकना था।

क्या यह तब हुआ, जब वह लैपटॉप में उन दोनों की पिक्स देख रहा था। यार कम-से-कम डेढ जीबी की पिक्स होंगी।

क्या यह तब हुआ, जब वह नए सेंटी क़िस्म के गाने डाउनलोड कर रहा था?

"शादाब... शादाब! फिर से सो गए क्या?" मॉम की आवाज़ ने सोच के बुलबुले को फोड़ा और वह वर्तमान में लौट आया। बस, अर्निका वहां नहीं थी।

"हां... मेरा मतलब नहीं... मतलब मैं कब से सो रहा हूं?" उसने बेवकूफों की तरह पूछा।

मॉम फ़ोन पर ही मुस्कुराईं। हालांकि यह मुस्कान काफ़ी बेबसी-भरी थी। उन्होंने शादाब को जन्म दिया है। वह उसके दिल की एक-एक धड़कन को जानती हैं।

"तुम उठ कर लंच के लिए क्यों नहीं आते?... हम बात कर सकते हैं।" उन्होंने बड़ी सावधानी से प्रस्ताव रखा।

सुनते ही शादाब के पेट में गुड़गुड़-सी होने लगी। "ओ.के.।" कहते ही उसने अपना मोबाइल उठाया और बड़े ही लगाव से दोनों की तस्वीर को निहारा।

सात मिस्ड कॉल। स्क्रीन के कोने में नोटिफिकेशन थी। उसने झट से उसे खोला और हैरान रह गया।

वहां तो उसके अंबार-ही-अंबार लगे थे।

चार मिस्ड कॉल तो किसी इंटरनेशनल नंबर से थीं, जिसका कोड वह नहीं जानता था। वह कभी जर्मनी गया भी तो नहीं!

उसने कॉलबैक भी किया, पर बेकार रहा।

मायूस होकर उठा और फिर से बिस्तर पर धड़ाम से गिर पड़ा।

लड़खड़ाते घुटने।

डिनर भी नहीं किया। फिर जी भर कर रोया।

नाश्ते तक सोता रहा। हे राम!!!!!

तभी तो कहते हैं कि प्यार आपको कमज़ोर बना देता है। इसमें शक़ की कोई बात नहीं है।

10 जुलाई (भारत), 9 जुलाई (पैसीफ़िक ओशन), 2010

अर्निका ने प्लेन की छोटी-सी खिड़की के कांच पर गर्म सांस से भाप छोड़ी, वह उस समय पैसीफ़िक ओशन के ऊपर से उड़ रहा था।

मॉम पास वाली सीट पर सोई हैं।

वह खिड़की पर छाई ओस पर उंगलियों से उसका नाम लिखती है, जो कि उसके मुस्कुराने से पहले ही ओझल हो जाता है।

वह जितनी भी सांसें ले रही है; वह उसे उससे दूर ले जाती जा रही हैं! वह उस धुंधलाते नाम को देखकर आह भरती है। उसने कुछ घंटे पहले जर्मनी के फ़्रैंकफ़ुर्त एयरपोर्ट से, पे-फ़ोन पर शादाब को फ़ोन भी किया था, पर उसने फ़ोन नहीं लिया।

"वह सो रहा होगा।" अर्निका ने दुखी मन से नतीजा निकाला और मां के पास लौट आई।

ऐसा नहीं कि ज़िंदगी में वे पहली बार अलग हुए थे या एक-दूसरे से अलग रह कर दिन बिता रहे थे, पर इस बार तो बात ही अलग थी न!

वह भीतर-ही-भीतर जानती है कि आने वाले वक़्त में जो कुछ भी अलग और मुश्किल होने वाला है; यह तो उसकी शुरुआत भर है।

"मैम... आपके लिए कुछ लाऊं?" एक एयरहोस्टेस उन्हीं यात्रियों की सेवा के लिए ड्यूटी दे रही है, जबकि तक़रीबन प्लेन में सभी सो रहे हैं।

अर्निका मुस्कुराती है। "नहीं थैंक्स! कुछ नहीं चाहिए। मैं ठीक हूं।"

"पक्का न!?" इस बार उसका स्वर कुछ ज़्यादा ही आत्मीय लगा।

अर्निका उसकी ओर देखती है। बीस के क़रीब होगी। सुंदर। बढ़िया

कपड़े। दूसरी एयरहोस्टेस जैसी, पर उसकी मुस्कान नकली और दिखावटी नहीं है।

"मुझे पता है कि मैं यहां अकेली, चुपचाप, मायूस और जागी हुई, काफ़ी हद तक एक आतंकवादी लग रही हूं... पर मैं ठीक हूं।"

एयरहोस्टेस एक भीनी-सी मुस्कान के साथ पलटने लगी, तो वह बोली "क्या आप मुझे चॉकलेट ब्राउनी दे सकती हैं?" एयरहोस्टेस के क़दम वहीं थम गए।

अर्निका के कानों में शादाब की आवाज़ गूंज उठी। जैसे वह ऑर्डर उसने नहीं शादाब ने ही दिया हो।

"ठीक है।" कह कर एयरहोस्टेस लौट गई।

मां जरा-सा हिली तो, अर्निका ने कंबल से उनका कंधा ढक दिया और फिर से शीशे की भाप पर शादाब का नाम लिखने लगी।

उसने नाम लिखा।

उसे ओझल होते देखा।

पर फिर से वही किया और करती ही रही।

14

उनकी पहली वीडियो कॉल... उन्होंने बात की... चर्चा की... उन्होंने टैक्नोलॉजी का अच्छा इस्तेमाल किया... बहुत अच्छा इस्तेमाल।

11 जुलाई 2010

ग्यारह बजे इंडियन स्टैंडर्ड टाइम, भारत।

डेढ बजे। ईस्टर्न स्टैंडर्ड टाइम। न्यूयॉक।

उसी समय वह स्काइप पर ऑनलाइन आई और उसे वीडियो कॉल किया।

आख़िरकार... उनके बीच पहली बातचीत!

वह दिल्ली में अपनी नई आलमारी में कपड़े टिका रहा है; तभी लैपटॉप के स्पीकर उसके कॉल का संकेत देते हैं।

जी हां, उसने भी शिफ़्ट कर लिया है। वह रीतेश के साथ साकेत के एक आलीशान अपार्टमेंट में आ गया है। उसका कॉलेज दो दिन में लगने वाला है। रीतेश का कॉलेज शुरू हो चुका है।

वह उसी का जश्न मनाने अलीशा के पास गया है, जो कमला नगर में बतौर पी.जी. रह रही है।

"हैलो...।" वह कॉल के दम तोड़ने से पहले बिस्तर की ओर लपका। दोनों के लैप में कैमरे लगे हैं, जिससे वे एक-दूसरे को देख सकते हैं।

वह उसे लैपटॉप स्क्रीन पर देखते ही उमंग से चिल्लाती है "हे...!!!!"

लाइव।

"हाय बेबी!!!! एक मिनट होल्ड करो" वह जवाब देते हुए हैडफोन की तारों से उलझ रहा है, जो इस तरह गुथे हैं, मानो अभी उनके बीच कुछ हो कर हटा हो।

"ओह गॉड! पता है कि मैंने तुझे कितना मिस किया... सही में यार! कैसे हो?... शिफ़्ट कर लिया क्या,... मैंने जर्मनी से फ़ोन किया था, पर शायद तुम सो रहे होंगे। ... दिल्ली कैसी लगी?... आंटी कैसी हैं?... क्या वह तुम्हारे जाने पर रोई थीं?... क्या कॉलेज चालू हो गया?... फेसबुक स्टेटस को क्या हुआ?... थके-थके लग रहे हो... क्या सिगरेट पी रहे थे?... गॉड!!!!! बात करने के लिए कितना कुछ है... और तुम्हारे हेयरस्टाइल को क्या हुआ?..."

"अर्निका! सांस तो ले लो," वह हैडफ़ोन लैप से लगाता है, कानों के आसपास पहनता है और कहता है, "तुम सुंदर लग रही हो और मैं... तुमसे प्यार करता हूं।" उसने मुलायम स्वर में कहा।

"आई लव यू टू" अर्निका ने भी उसी सुर में कहा।

दोनों के बीच एक अजीब सी चुप्पी छा गई।

"अर्निका मैं...!" शादाब की बात बीच में ही काट दी गई।

"रीतेश कहां है?"

"मेरी बात बीच में काटने और इमोशंस से भरे पलों को तबाह करने के लिए शुक्रिया!... रीतेश इस शहर में ही कहीं अपनी गर्लफ्रेंड के साथ टांका भिड़ा रहा है, जो उसके इमोशंस की क़द्र करती है।" उसने व्यंग्य से कहा।

"कोई बात नहीं! हम भी तुम्हारे लिए उन पलों को लौटा सकते हैं।" जवाब आया।

"आंटी कहां हैं?" वह किसी बहसबाज़ी में नहीं पड़ना चाहता।

वह हमेशा जीत जाती है।

"वे रितु आंटी के साथ मेरे लिए एक लोकल सिम कार्ड लेने गई हैं। फिर हम बीबीएम कर सकते हैं।"

"रितु आंटी?"

“हां... मॉम की दोस्त। वह उनके साथ ही रह रही हैं। यहां के पेरेंट डोर्म से तो बेहतर ही है।”

“ओह! ओ.के.! तो... कॉलेज कैसा लगा? लोग कैसे हैं?”

“अमेज़िंग...।”

“क्या इस अमेज़िंग में लड़के भी शामिल हैं?”

“हॉट बॉयज़... काफ़ी वैरायटी है।”

“याह...?”

“हां... कल उनमें से एक ने कॉफी के लिए भी पूछा था।”

“ओह, ओ.के.।”

उसके दिल में एक तीर-सा चुभा। बड़ा हलका था, पर क्या करें दर्द तो होता ही है!

“वाउ! मि. परवेज़ अभी हफ़्ता भी नहीं हुआ और आप जलन से अधमरे हो रहे हैं!”

“तुम्हें ऐसा लगता है?” अंदर से उमड़ते भावों ने आवाज़ को भी दबा दिया था।

वैसे तो एक्टर बनने का फ़ायदा होता है, पर अगर आप प्यार में हों तो सब बदल जाता है।

“पता है, ठीक!”

“राइट!”

वह अपनी पोज़ीशन बदल कर बिस्तर पर अधलेटा हो आया और कैमरे में उसका पूरा अक्स दिखने लगा। उसकी बॉक्सर वाली रोएंदार टांगें और ढीली टी-शर्ट दिख रही है।

“तो... अर्निका सिन्हा! अपना कमरा नहीं दिखाओगी?”

“शादाब परवेज़! जो तुम कहना चाहते हो या जिस तरह से आरामदेह हो कर पसर गए हो, उसे देखते हुए, तो यही कहना होगा कि मैं नहीं दिखाने वाली।” उसने साफ़ लहजे में कह दिया।

“पर क्यों? ...ऐसा तो नहीं कि मैं इस तरह अपनी टी-शर्ट उतार कर आ गया हूं।” और कहते ही उसने अपनी टी-शर्ट उतार फेंकी।

अर्निका।

उसकी छाती पर अर्निका के नाम का परमानेंट टैटू खुदा है।

अर्निका की आंखें चमक उठीं।

"अर्नि... जो दिखा वह अच्छा लगा न? उसने नंगे सीने पर नाम के आसपास उंगलियां घुमाते हुए कहा।

"तुझे पता है कि यह ठीक नहीं है। भरी दोपहरी में... यह सब करना कोई बहुत सेहतमंद विकल्प तो नहीं लगता।" अर्नि ने आधे मन से कहा। हालांकि वह भी काफ़ी हद तक लुभाई जा चुकी है।

वह जानती है। वह जानता है।

वह थोड़ा आगे आकर वैबकैम को अपने बॉक्सर्स पर फोकस करता है।

"शादाब..." वह बोली, "प्लीज़ क्या आज हम सिर्फ़ बात कर सकते हैं?"

"पर हम वही तो कर रहे हैं।" और शादाब अपनी जगह से एक इंच भी नहीं हिला।

"हां... बात करते समय एक-दूसरे के चेहरे को भी देखेंगे।"

"ओ.के.! जैसी तेरी मर्ज़ी" वह फिर थोड़ा-सा आगे आया और वैबकैम का फोकस अपने मुंह पर कर लिया।

"तो... तुम सचमुच मेरा कमरा देखना चाहते हो?" अर्नि ने पूछा।

"पक्का।"

वह हाथ में लैपटॉप लिए पलंग से उठी और फोर बाय फोर के सीमित से कैंपस होस्टल के कमरे में घूमने लगी।

"यह आलमारी है... मेरी खिड़की से यह व्यू आता है... यह वाशरूम का दरवाज़ा है... ये मेरा पलंग है... ये..."

"रुक।" उसने बात काटी।

"क्या हुआ?" अर्नि ने हैरानी से पूछा

"वैबकैम को पलंग पर ला।" शादाब ने कहा

"हुम्म... ओ.के.।" अर्नि ने वैसा ही किया।

"अब थोड़ा-सा बाएं घुमा... हां थोड़ा और। थोड़ा और... हां ठीक है।" वह धीरे से बोल कर मुस्कुराया।

"हां ओ.के..." वे दोनों ही अर्नि के बेडसाइड टेबल पर पड़े फ़ोटोफ्रेम में लगी दोनों की तस्वीर देखने लगे। "इस तरह मैं उठते ही हम दोनों को एक साथ देख सकती हूं।" वह बोली।

आई लव यू। तीन शब्द और हज़ारों इमोशंस

आई लव यू टू!!!!

फिर अर्नि ने उसे अपना वाशरूम, अंदर से आलमारी और पढ़ी जाने वाली किताबों का ढेर भी दिखाया।

कैंपस का फ्री वाई-फाई भी मोबाइल लवस्टोरी में बड़ा काम आता है।

"ओ.के... अब तू मुझे अपना अपार्टमेंट दिखा।" अर्नि ने पलंग पर बैठते हुए कहा

"अरे... अर्नि, हमने तो अभी सामान भी नहीं खोला।"

यह एक झूठ है। उसका पहला झूठ!!! क्योंकि उसने पूरे अपार्टमेंट में अर्नि की एक भी तस्वीर नहीं लगाई। दूसरी बात यह है कि वाशरूम और दूसरी दीवारों पर एंजलीना, जोली वगैरह आ चुकी हैं, उनसे कोई बात नहीं बनने वाली!!

उसका अपार्टमेंट अर्नि के कमरे से बड़ा होने के बावजूद बुरी तरह से बिखरा हुआ व गंदा है। फर्श पर गत्ते के बक्सों का ढ़ेर है। बेमेल पर्दे और कुशन। किचन की स्लैब पर कल रात का बचा पिज्ज़ा रखा है, डाइनिंग एरिया में कुर्सी पर रीतेश का अंडरवियर सूख रहा है।

शादाब ने तो अर्नि से वायदा किया था कि वह कहीं सभ्य और शिष्ट बन कर दिखाएगा और इस तरह वह उसको नीचा नहीं दिखाना चाहता। ख़ासतौर पर तब, जब कुछ और ज़रूरतें अपना सिर उठा चुकी हैं।

"ठीक है, शादाब... मुझे पता है कि घर गंदा होगा... तुम फिर भी मुझे दिखा सकते थे।"

औरतें। मर्दों को कितनी अच्छी तरह जानती हैं। कम-से-कम उनकी साफ़-सफ़ाई के जौहर से तो परिचित ही होती हैं।

"ओ.के. मैं दिखाऊंगा बेबी, पर पहले, क्या तुमने लंच किया?" वह समय के अंतर का अंदाजा लगाने लगा, "वहां शायद तीन बजे होंगे।"

बात का विषय बदलने की कोशिश सफल रही।

"हां... मैंने कर लिया। कैंपस की कैंटीन इतनी बुरी भी नहीं है... मतलब मेरा गुज़ारा चल सकता है... कल मॉम मुझे एक इंडियन रेस्त्रां ले गई थीं... सेक्स बांब बटर चिकन... ये नहीं पता कि कल जब वह चली जाएंगीं, तो मैं क्या करूंगी?"

"या..." अचानक शादाब के मुंह से लंबी उबासी निकल गई और उसने उसे बीच में ही छोड़ दिया।

"वहां तो काफ़ी रात हो गई होगी... क्या टाइम है?" उसने शर्मिंदा होते हुए पूछा, शादाब ने कहा "12.30," लाख कोशिश करने पर भी एक उबासी आ गई यह उसके लिए काफ़ी थकाने वाला दिन रहा था।

"तुम थके लग रहे हो... सोने जाओ!!!" अर्नि बोली।

"नहीं!" शादाब ने कहा

"शादाब... ऐसे थोड़ी चलेगा... जल्द ही तुम्हारा और मेरा कॉलेज शुरू होने वाला है ... हमें तो पूरे प्लान के हिसाब से चलना होगा, ताकि यह हम दोनों के लिए ही बोझ न बन जाए।"

"बोझ???????" शादाब ने भौं उठाई।

"परवेज़! याद रख, हम कैरियर पहले वाली पॉलिसी पर पूरी बहस कर चुके हैं और अब..."

उसने बात काटी।

"समझ गया... हम शिड्यूल बना लेंगे। कॉलेज और पढ़ाई का बैंड नहीं बजाएंगे, बल्कि एक-दूसरे..."

वह झट से बोली। "हां ... मेरा मतलब आख़िरी वाली बात से नहीं था।"

वे दोनों ही हंस दिए।

"मुझे एक आइडिया आया। हम दोनों ही दो-दो घड़ियां रख लेंगे। एक में इंडियन और दूसरी में यहां का टाइम होगा।" अर्नि ने कहा।

"वाह अर्निका! क्या आइडिया है!!!! मुझे ऐसे आइडिया क्यों नहीं आते?" उसने पूछा।

"क्योंकि तुम एक लड़के हो और वह चिक फ़्लिक्स नहीं चाहते...।" मैंने एक मूवी में यह देखा था।

दोनों ही हंस दिए।

"अर्निका बेबी! क्या अब हम कर सकते हैं? ... प्लीज़?" उसने यहां-वहां की कुछ और बातों के बाद आग्रह किया। इस दौरान उसने रीतेश को मैसेज करके पता भी कर लिया था कि वह कब आने वाला है।

"जल्दी नहीं! पहले मेरा काम...।" रीतेश का जवाब था। शादाब को यह सोचते ही और भी नशा आ गया कि दोनों ही दोस्त एक जैसा काम करने में मग्न होंगे।

"तुम सिर्फ़ पोर्न ही क्यों नहीं देखते?" अर्नि ने शैतानी हंसी से पूछा।

"हम अपना छोटा-सा पोर्नो क्यों नहीं बनाते?" शादाब ने कहा।

"तुम्हें टैक्नोलॉजी की पावर का तो अंदाज़ा होगा। मैं तुम्हें यह सब करते हुए रिकॉर्ड कर सकती हूं। इस तरह चार पैसे भी कमा लूंगी।" अर्निका ने उसे हंस कर चेतावनी दी।

"मुझे पता है और इस तरह तो सब कुछ और भी हॉट हो जाएगा।" कहते ही शादाब ने अपना वैबकैम फिर से वहां... सैट कर लिया।

"ठीक है, जो जी चाहे कर ले। पर सुबह debonair.com देखना मत भूलना।" अर्नि का स्वर गंभीर था।

"अर्नि..."

उसकी सांसें भारी हो रही हैं। काफ़ी भारी।

विजुअल ग्राफिक है। काफ़ी ग्राफ़िक।

वह भी हथियार डाल देती है। कौन-सी नियम-पुस्तिका में लिखा है कि लड़कियां...

काम शुरू हुआ। वह ज़्यादा से ज़्यादा यही कर सकती है कि अपनी टी-शर्ट से खेले।

कुछ शब्दों का आदान-प्रदान। कुछ गूढ़ और मुलायम शब्द। फिर जल्दी...

कुछ जंगली भूमिकाएं।

अर्नि और परवेज़ अपनी ही दुनिया में मग्न हैं।

वे दोनों साथ-साथ एक-दूसरे का नाम भी ले रहे हैं कि अचानक शादाब को पुरुष स्वर में अपना नाम सुनाई दिया।

"शादाब..."

वे दोनों ही जड़ हो गए। भारत में भी और वहां न्यूयार्क में भी!!!!!

"रीतेश... साले यू सन...।" शादाब ने गंदी गाली से सत्कार किया। उसने झट से लैप का स्क्रीन बंद किया, अपना हैडफ़ोन उतारा। उसे ऊंचाई पर रखा। यह सब कुछ एक ही सांस में कर दिया।

"सॉरी मैन!!! मैंने सोचा... तुम... अच्छा कैरी ऑन!!!" उसने शर्मिंदा होते हुए कहा और फिर अचानक दरवाज़े के पास ही ठिठक गया।

"हाय अर्निका!" वह ज़ोर से चिल्लाया और इससे पहले कि शादाब के हाथों फेंकी गई पानी की बोतल उसे लगती, वह वहां से फूट लिया।

शादाब ने फिर से हैडफ़ोन पहन कर लैप ऑन किया।

"हैलो... अर्नि" वह सावधानी से बोला।

कोई जवाब नहीं आया।

"हैलो!!!" वह फिर से माइक में बोला।

कोई जवाब नहीं!

उसने ब्लिंक कर रहे स्काइप मैसेंजर को देखा, वह ऑफ़लाइन थी।

'मॉम आ गई थीं! सॉरी!!! बाय-बाय।'

शादाब अपना लैप पटक कर रीतेश के कमरे में भागा। अब और कोई ऑप्शन भी नहीं था...

15

अगर आप साथ नहीं हो, तो अपनी पहली सालगिरह पर क्या करोगे?... शराब पीओगे... उलटी करोगे... लड़ोगे... गाली गलौच करोगे... कोसोगे... ब्रेकअप करने का फैसला कर लोगे... एक दूसरे को शब्दों की चोट से घायल करना चाहोगे... और आख़िर में वैबकैम का अच्छा इस्तेमाल करोगे।

12 जुलाई 2010

11.45 p.m.(IST)

तीन सौ पैंसठ दिन। आठ हज़ार सात सौ साठ घंटे। पांच लाख, पच्चीस हज़ार और छः सौ मिनट। तीन करोड़ पंद्रह लाख छत्तीस हज़ार सैकेंड।

एक पूरा साल साथ में

शादाब ने अपने कमरे का दरवाज़ा खोला, जूते यूं ही हवा में उछाल दिए, आलमारी पर हल्ला बोला, दिन में पहने गए कपड़े उतार दिए और झट से काली शर्ट और नीली जींस में आ गया। यह अर्नि के फ़ेवरेट हैं।

फिर वह रसोई की तरफ़ भागा। रास्ते में टाइम देखा। 11.52 पी.एम.। उनकी सालगिरह शुरू होने में आठ मिनट बाक़ी थे।

उन्होंने पहले ही इसकी प्लानिंग बना ली थी।

यहां होंगे रात के बारह और वहां होंगे दोपहर के ढाई।

अर्नि ने तय किया था कि वह लैक्चर छोड़कर होस्टल के कमरे में भाग आएगी। उसकी मां इंडिया लौट चुकी हैं। जब वह कमरे में आ जाएगी और अकेली होगी, तो दोनों स्काइप पर ऑनलाइन हो जाएंगे।

वीडियो कॉल!

इस बार किसी के भी बीच में टपकने की नौबत नहीं आएगी। रीतेश अलीशा से मिलने गया है और उसे साफ़ समझा दिया गया है कि घर में घुसने से पहले फ़ोन करे।

तोहफे!

किसी भी जश्न में तोहफे तो होते ही हैं। ख़ासतौर पर जब यह एक रिलेशनशिप हो। यहां टैक्नोलॉजी और डैड का बैंकबैलेंस काफ़ी काम आया। शादाब ने गिफ़्ट फॉर अमरीका की वेबसाइट के माध्यम से उसे फूल और सोने का पेंडेंट भेजा है, जिस पर उनके नाम के पहले अक्षर गुंथे हैं।

अर्नि ने शादाब को तोहफा भेजा है। उसने ई-बे से खरीद कर गुच्ची के शेड्स भेजे हैं। दो महीने की बचत थी और साथ ही हाथ से बना एक कार्ड भी है।

शादाब ने उसे सरप्राइज़ देने के लिए कुछ और ही प्लान किया है। कमरे में जलती कैंडल्स। उसके मनपसंद कपड़े, एक केक, धीमा संगीत, फूल, सब कुछ जो वैबकैम की हद में आ सके। जिससे शादाब को कमरे में उसकी उपस्थिति का एहसास हो सके।

उसकी ज़िंदगी!

उसका दिल!

11.58 p.m..

सब कुछ व्यवस्थित कर दिया गया है। उसकी नज़रें लैपटॉप स्क्रीन पर टिकी हैं, वह एफबी पर उनकी तस्वीरें देखते हुए, उसके ऑनलाइन आने के इंतज़ार में है।

11.59 p.m.

वह सैलफ़ोन उठाकर उसका नंबर मिलाता है। कोई जवाब नहीं। उसके पेट में दर्द का एक गोला-सा उठा। वह फिर से कॉल करता है। कोई जवाब नहीं आता। एक और कॉल! इस बार कंप्यूटर से आती आवाज़ से पता लगता है कि फ़ोन बंद कर दिया गया है।

12.00 a.m.

उसकी आंखों में नमी है। तीखी भेद देने वाली नमी। कमरे में केक पर जलती मोमबत्तियां बेचारगी से जल रही हैं। वह लैपटॉप स्क्रीन को घूर रहा है। दिमाग़ में अजीब-अजीब से सवाल घूम रहे हैं।

क्या वह ठीक है? उसका फ़ोन क्यों नहीं लग रहा? उसका फ़ोन बंद क्यों आ रहा है? उसने अचानक फ़ोन बंद क्यों कर दिया?

12.04 a.m.

उसके मोबाइल में हरकत दिखी। सोई उम्मीदें जागीं। उसने बड़ी उमंग से स्क्रीन को देखा, उस पर रीतेश लिखा आ रहा था, उसने फ़ोन काट दिया।

मोमबत्तियां पिघलने लगी हैं।

12.07 a.m.

मुबारक के मैसेज आने लगे। उसके मोबाइल में अनरीड मैसेज का भार बढ़ने लगा। फेसबुक की नोटिफिकेशन बढ़ रही हैं। उसने जवाब देने की परवाह नहीं की। यहां तक कि अपनी मां की मिस्ड कॉल पर भी ध्यान नहीं दिया।

1.15 a.m.

उसके लैपटॉप के स्पीकर्स हरकत में आए, कमरे में पसरी बेजान चुप्पी टूटी। उसने बीयर के केन से एक बड़ा घूंट भरा, तो कानों में पेटेंट स्काइप टोन गूंजी।

उसने बड़ी मायूसी से लैपटॉप के माउसपैड से डबल क्लिक किया और स्काइप मैसेंजर खोल कर कॉल का जवाब दिया। उसने अपनी तरफ़ से वीडियो ऑप्शन भी चालू नहीं किया, जबकि उसकी ओर से कुछ ही पलों में शुरू हो गया।

वह वहां थी। हमेशा की तरह खूबसूरत!

"हे!!!!!!!!!" अर्निका के सुर में उमंग छलक रही है।

"हा!!!" उसने काफ़ी देर के बाद जवाब दिया।

"तुम्हारे वैबकैम को क्या हुआ? मैं तुम्हें देख क्यों नहीं सकती?" उसने लंबे अंतराल को अनदेखा करते हुए पूछा और इस तरह से पेश आई मानो कुछ हुआ ही न हो।

"हुम्ममम!!!! ऐसा तो नहीं कि अब तुम मुझे देखना ही नहीं चाहतीं।" उसने केन से एक और बड़ा घूंट लेते हुए बात ख़त्म की। उसका चौथा बीयर केन चल रहा है!

अर्नि ने जवाब देने से पहले गहरी सांस ली। उसकी आंखें पल भर को बंद हुईं, मानो दिल ही दिल में कुछ तय कर रही हो और यह देखते ही शादाब का दिल पूरा नहीं तो, काफ़ी हद तक तो पिघल ही गया।

"शादाब बेबी! मुझे पता है कि तुम नाराज़ हो... आई एम सॉरी!!!! मिस्टर फ़िलिप, मेरे लॉ लैक्चरर ने बुलवा लिया था... मेरे सबमीशन के बारे में कुछ डाउट थे..."

"के!"

यह कोई जवाब नहीं होता। इसका मतलब है कि मेरी बला से... (कम-से-कम यहां तो शादाब ने यही कहा)।

फिर से चुप्पी छा गई। वह अर्नि के चेहरे पर छाती हुई मायूसी और दुख देख सकता है। हालांकि इससे उसके दिल पर जमी अहं और दिल को लगी ठेस की परतें नहीं पिघलीं।

"हैप्पी एनीवर्सरी!!!" अर्नि की आवाज़ कहीं दूर से आती जान पड़ी।

"ओह हां... मुझे तो इसका ध्यान ही नहीं रहा... तुम्हें भी..." शादाब ने झट से जवाब दे मारा।

"यू नो दैट!!!! तुम्हें बताया ना!!!" अर्नि का धीरज भी चुकने लगा था।

क्या पता है!!!! क्या!!! क्या पता है मुझे!!!! क्या ऐसा ही है!!!! मैं पिछले एक घंटे से लगातार इंतजार कर रहा हूं... गधों की तरह सज-धज कर एनीवर्सरी मनाने के लिए बैठा हूं। वह रुका। अपना वैबकैम ऑन किया और बोला, "यहां केक... मोमबत्तियां लगाए इंतज़ार कर रहा हूं... और तुम्हारे लिए कोई क्लास अटेंड करना ज़्यादा ज़रूरी हो गया... क्यों... भला तुम्हें परवाह क्यों होने लगी?... तुम्हें कभी परवाह थी ही नहीं... यह तो मैं हूं, जो हमेशा ही..." शादाब की आंखों में गर्म-गर्म आंसू छलक आए और वह उन्हें पोंछ कर बोलता रहा "... अर्नि! तुम मुझसे प्यार नहीं करतीं... ऑल यू ब्लडी लव इज़..." वह रुक गया।

किसी भी बहस में शब्द गाढ़े सूप की तरह होते हैं। जितने ठंडे होते जाते हैं, उन्हें हज़म करना उतना ही मुश्किल होता जाता है।

"तुम ड्रिंक कर रहे थे?" अर्नि ने उसकी लाल सुर्ख आंखों और हाथ में पकड़े केन को देख कर पूछा।

उसने चुप रह कर ही जवाब दे दिया।

"भाड़ में जा!!" वह चिल्लाई। वह देखते ही उसका पारा चढ़ जाता है

"ठीक है!! जब तुझे मेरी परवाह हो तभी फ़ोन करना।" शादाब बोला।

"तू तब फ़ोन करना जब तू नशे में न हो।"

"मैं तब फ़ोन करूंगी जब सब शांत हो जाएगा।

"तू मुझे नहीं चाहती... तेरे दिल में तो पत्थर भरे हैं...।"

"हां, तुझे बेहतर पता है कि कहां क्या है?"

"अब तो अति हो गई। मैं तुझसे तंग आ गई। जा अपनी ज़िदगी के मज़े ले... लेट या जो मर्जी कर या जिसमें भी कोई छेद हो, उसी के साथ कर ले... बॉय।"

वह फ़ोन रखने ही वाली थी कि शादाब बोला, "ओ.के. फ़ोन काट दे। पर याद रखना कि आज से बीस साल बाद... जब तू मेनोपाज़ तक

पहुंच जाएगी, तेरा मोटा पति वाशरूम में मस्त होगा और तू किंगसाइज पलंग पर अकेली बैठी चुपचाप अपने ढलती छातियों और अधूरी इच्छाओं के उत्तर इस ब्रह्माण्ड में तलाश रही होगी; तब ऐसे में तुझे मेरी याद आएगी और तू सोचेगी कि मैंने अपनी पहली एनीवर्सरी पर शादाब से लड़ाई क्यों की थी?" वह एक ही सांस में सब कह गया।

बड़ी अटपटी चुप्पी थी!!! दोनों तरफ़ से। रिदम से युक्त भारी सांसें। दोनों छोरों पर नम आंखें!!

फिर अचानक अर्नि के चेहरे पर मुस्कान खेल गई। एक ही साल में उसने सीख लिया है कि ऐसे बेतुके पलों को कैसे पल भर में ही हवा में उड़ाया जा सकता है। हार्पिक क्लीन पल, जो कि अब एकदम सामने आने वाले हैं।

"शादाब... मैं यह सब कुछ ऐसे ख़त्म नहीं करना चाहती... तुम भी यह जानते हो... मैं भी जानती हूं... आई लव यू...।" वह बड़े ही मुलायम तरीक़े से बोली।

"अर्नि... शादाब का गला रुंध गया। अर्नि... आई लव यू टू।" आख़िरकार उसने गला खोल कर कह ही दिया।

"वादा करो कि तुम मुझे कभी छोड़ोगे नहीं।" आज अर्नि भी भावुक हो रही थी।

"वायदा करता हूं।" शादाब ने सारी गंभीरता और ईमानदारी एक साथ बटोर कर कहा "पर... ?"

"पर क्या शादाब?" उसने हैरानी से पूछा

"मुझे... मैंने... मुझ को...।" शादाब का सिर एक ओर झूल गया

"मैं... हां... नहीं।" वह सिर से हैडफ़ोन उतार कर वाशरूम की ओर लपका।

"उवा... क।" अर्नि ने उलटियों की हलकी आवाज़ें सुनीं।

अगर कोई भी ख़ाली पेट चार बीयर लेगा, तो यही हाल होगा।

वह कुछ देर बाद तौलिये से मुंह पोंछते हुए लौटा।

"हां...।" अर्नि ने उसे आकर सिर से हैडफ़ोन लगाते देखा तो झट से बोली।

"बस संभाल नहीं सका।"

अब बॉल अर्नि के पाले में थी।

पंद्रह। लव।

"उसने मुझे कंपनी दी... जब कोई लॉ प्रोफ़ेसर के साथ मग्न था।"

अर्नि की अगली सर्व का सही जवाब आया।

पंद्रह। पंद्रह।

"सुधार... सेक्सी लॉ प्रोफ़ेसर।"

इस बार अर्नि ने बॉल को स्मैश करते हुए शादाब को हैरानी में डाल दिया।

थर्टी। पंद्रह।

"ओ. के. ... बस... मैं फिर से लड़ना नहीं चाहता, पर ऐसे ही जानकारी के लिए पूछ रहा हूं कि लैक्चरर की उम्र कितनी है?"

फोर्टी। पंद्रह।

"उम्र तो एक नंबर ही है।"

वह काफ़ी बड़े मार्जिन से जीतना चाह रही है... लगता तो यही है।

"सही कहा अर्नि। उम्र तो एक नंबर है। अंतर इससे पड़ता है कि भीतर क्या है।"

शादाब ने कमबैक का एस बना लिया।

फोर्टी। थर्टी

"तुम बिल्कुल ग़लत हो।"

एक और फाल्टी सर्विस।

फोर्टी। थर्टी

"किसी ने क़रीब दो माह पहले ही... मुझसे कहा था कि शायद वह भी मेरी तरह ही ग़लत हो गया है... मज़ेदार बात है न?"

शादाब ने अगले सर्व को स्मैश कर दिया।

फोर्टी। फोर्टी

ड्यूस

"अच्छा तो, ऐसा है?" उसकी साइड का ग्राफिक फिर से ऊंचा हो रहा है

फायदा!!! ठीक नहीं है, वह टेनिस से भी परे जा कर तकनीकों का इस्तेमाल कर रही है।

"निश्चित रूप से।" उसके लिए अपनी शर्ट खिसकाना काफ़ी आसान है।

गेम ओवर। वह जीती। वह हारा। पर क्या वह हारा?

16

और लाइफ़ उनके रिलेशनशिप में आती है...

जुलाई 2010 दिसंबर 2010
जुलाई

भगवान ब्लैकबेरी का भला करे! आमीन!

यदि एप्पल आदम और हव्वा के लिए सेंचुरी का फल था, तो ब्लैकबेरी शादाब और अर्निका के लिए वही फल है।

जब से उसे वहां का लोकल नंबर मिला है और उसकी बीबीएम सर्विस एक्टीवेट हुई है, बस वे एक-दूसरे को मैसेज करते रहते हैं आल द टाइम। सीरियसली ऑल द टाइम!!!!!

तेज़ी से बढ़ते मैसेज के अंबार

यहां दिन और वहां रात! वहां रात और यहां दिन! कॉलेज, क्लासरूम या कैंटीन, वाशरूम या ट्राइरूम; वे एक दूसरे को मैसेज करते रहते हैं। काफ़ी हद तक बेतुके भी, जैसे शादाब उसे रात के चार बजे मैसेज करता है कि उसने कितनी बदबू से भरी गैस छोड़ी या फिर उसकी क्लास में अर्निका पिंग करती है कि वह डाउन हो गई है। यह कहानी यहीं ख़त्म नहीं होती!

हर रोज़, क्लासें ख़त्म होते ही, वह उसे फ़ोन करती है। चाहे दो मिनट हो या बीस मिनट; वह उसकी आवाज़ सुनती रहती है, मानो उसकी हड्डियों को कैल्शियम मिल रहा हो।

हर रात; चाहे वह घर में बॉक्सर्स में हो या फिर अपनी सबसे क्रिस्प शर्ट में क्लब में, वह उससे बात अवश्य करता है। जी हां, वह उससे बात करता है, भले ही वह बीयर के नशे में गले-गले तक उतर चुका हो।

उन्होंने इस बारे में कसम खाई हुई है। जैसे सिमी ग्रेवाल ने अपने सफेद कपड़ों को लेकर खाई है, उससे भी ज़्यादा पक्की! सिमी को लगता है कि वह उनमें एक दिव्य सुंदरी दिखती है; ख़ैर वह एक अलग कहानी है।

बेकार की तस्वीरें, जैसे किसी मोनेस्ट्री में रखे कंडोम

वह शॉपिंग करने जाती है। हर लड़की जाती है। वह टनों कपड़े, जूते ट्राई करती है और ट्रक-भर के बैग छांटती है। हर लड़की करती है। जब कुछ चुन नहीं पाती, तो अन्त में उलझ जाती है कि आख़िर क्या खरीदे। भई लड़की जो ठहरी! वह झट से एक हल खोज लेती है। जी हां, पक्का हो गया न कि वह एक लड़की ही है। वह ब्लैकबेरी निकाल कर उन सब चीजों के क्लिक ले लेती है, जो उसे अच्छी लग रही हैं। वे तस्वीरें शादाब को भेज दी जाती हैं। वैसे अपने ब्वायफ्रेंड से इस बारे में राय लेने में हर्ज ही क्या है, अगर वह सात समंदर पार न होता, तो ईमानदारी से केवल उन्हें उतारने में ही रुचि लेता, पर अपनी नींद कुर्बान करके नहीं! ख़ासतौर पर जब कॉलेज का दिन काफ़ी थकाने वाला रहा हो और वह नौ बीयर पी चुका हो।

पर वह फिर भी जवाब देता है।

बस जो तस्वीर ज़्यादा चमकदार सी दिखती है; उसी की हामी दे देता है। उसके पास कोई चारा भी तो नहीं है। कम-से-कम अभी तो नहीं है!

बस समय–समय की बात है

7.45 p.m. (IST)
4 जुलाई 2010

"वाउ... क्या तू यकीन कर सकता है... प्याज 45 रुपए किलो हो गए हैं?"

जब वे दोनों घर के पास बने सुपरमार्केट में वैज सेक्शन के पास से निकले तो रीतेश ने शादाब से कहा।

जी हां, वे घर के लिए सामान लेने आए हैं। अकेले रहने पर यह सब काम करने ही पड़ते हैं।

"हां... मॉम! मुझे पता है।" शादाब ने कहा तो दोनों हंस दिए, दोनों ही ट्रॉली धकेलते हुए आगे चल दिए और लिस्ट पूरी करने लगे, जिसे अलीशा ने बमुश्किल पूरा करके दिया था।

वैसे किसी भी लड़की का स्पर्श दिव्य होता है; फिर चाहे वह बेल्ट के नीचे हो या राशन खरीदने की लिस्ट में...

"ओ.के.... मेरे हिसाब से तो सारा सामान आ गया।" रीतेश ने कहा। फिर उसने ट्राली में लगे अंबार पर एक नज़र मारी। "पक्का न... हम कुछ भूल तो नहीं रहे?" उसने माथे पर थोड़े बल डाले।

दोनों ही लड़के हैं। बस लड़कों जैसे ही हैं। अपनी-अपनी ठुड्डियां खुजलाते सोचने लगे।

"कंडोम!" रीतेश चहका।

"कॉफी!" शादाब बोला।

दोनों ही ज़रूरत की चीज़ें हैं!

अलग-अलग लोग।

अलग-अलग ज़रूरतें।

अलग-अलग कारण।

रीतेश अलीशा से ज़्यादा मिलने जाने लगा है, इतना तो चंडीगढ़ में भी नहीं मिलता था। वह कंट्रासेप्टिव काउंटर की ओर चल दिया और शादाब

बेचारा, दूरियों की मार का मारा; अलग-अलग टाइम ज़ोन की चपेट से पैदा अवैध संतान की तरह कॉफी कांउटर की ओर चल दिया।

उस दिन रीतेश की हारमोनल ज़रूरतें पूरी करने के लिए कुछ गर्भनिरोधक लिए गए।

शादाब के, रात को किए जाने वाले काम पूरे करने के लिए कॉफी के पांच जार लिए गए।

कॉफी। ब्लैक। लो शुगर। कॉलेज के लंबे थकान भरे दिन के बाद रात को लैपटॉप पर अर्निका के साथ जागने के लिए यह काफ़ी मददगार होती है। वह पिछली कुछ रातों से सो ही नहीं पा रहा। बस नींद का तो यही हाल है।

क्या करें यही समय की मार है!

उसकी आंखों के नीचे काले घेरों का बोनस मिल चुका है, जो इस लॉग डिस्टेंस पैकेज की देन है। इस बारे में वह कुछ नहीं कर सकता। वैसे अगर अर्निका के साथ बिताने के लिए एक घंटा नींद और कम कर ली जाए, तो सौदा बुरा नहीं, वह थियेटर परफारमेंस के लिए डार्क सर्किल तो छिपा ही लेगा।

कम-से-कम वह तो यही सोचता है। अभी तो केवल यही! बस और कुछ नहीं।

अगस्त

आई एम सॉरी... मैंने किसी से वादा किया हुआ है...

8 अगस्त 2010

कॉलेज तो एक फिशिंग पॉड की तरह होता है, जहां आप कई तरह का माल पकड़ सकते हैं। आसपास कई शाकाहारी मछुआरे होते हैं, जो जानते हैं कि वे अपने लिए भोजन पकड़ सकते हैं, पर वे उसे घर पर ही खाना पसंद करते हैं। हर रोज़। यहां तक कि वीकएंड्स पर भी। कितने अफ़सोस की बात है। इस पूरी दुनिया में कोई भी इतने जोश से यह बात नहीं कह सकता, जैसे कि शादाब कहता है। कॉलेज सचमुच मछलियों से भरा है, पर उसने अर्निका के नाम पर शाकाहारी रहने का फैसला लिया है।

चिक्स हैन बनने के लिए एड़ी-चोटी का ज़ोर लगा रही हैं। कुछ शार्ट्स में आती हैं, जैसे किसी बिकनी बनाने वाली कंपनी ने उन्हें स्पांसर किया हो; कुछ इतनी ही लंबी स्कर्ट पहनती हैं कि बस कर्टसी सेक लंबी होती हैं; वे जो छिपाना चाहती हैं, उससे कहीं ज़्यादा दिखा जाती हैं।

इन सब बातों और चीज़ों से मुंह फेरना इतना आसान भी नहीं होता। तब तो बिल्कुल भी नहीं, जब आपको हॉट मान कर कैंटीन, क्लास, एंफीथियेटर वगैरह में बातचीत के लिए घेरा जाता हो और फिर बात एक साथ कॉफी पीने या नंबर एक्सचेंज पर ख़त्म होती हो।

आपको पूरी तरह से पत्थर दिल बनना है और सफल हो कर दिखाना है। सच कितना मुश्किल काम है।

नमूना तो देखें...

कॉलेज की कैंटीन। एक सुबह। वह अपना इंग्लिश लिटरेचर क्लास बंक करके आया है। यह एक पुरानी आदत है। हालांकि अकेला वही इस आदत का शिकार नहीं है।

"हाय... क्या तुम कनेक्टिड हो?... मुझे एक ई-मेल भेजना था।"

शादाब लैप पर अर्निका को एक ई-मेल टाइप कर रहा था, मुंह ऊपर किया, तो आस्था को खड़ा पाया, सुडौल नितंबों वाली हॉट क्लासमेट, ख़ाली कुर्सी के पास आस भरी निगाहों से खड़ी थी।

जवाब देने की बारी थी और शादाब के मुंह से निकला "यस।"

"उम्म... क्या यहां कोई बैठा है?" वह पास पड़ी कुर्सी को खींचने के लिए तैयार थी।

"नो... वेट!" शादाब ने कहा और वह वहीं जड़ हो गई।

दोनों के लिए बड़े ही उलझे हुए पल थे।

शादाब की आंखों के आगे अर्निका का चेहरा तैर गया। पल भर के लिए ही सही। जब आप ईमानदारी और वफ़ादारी को घुट्टी में घोल कर पीते हैं, तो यही होता है।

वह बात को परे धकेल कर कहता है। "नार्निया से मेरा इमेजनरी दोस्त... यहां मि. राइनो विटामिन डी का मज़ा ले रहे हैं... चाहता नहीं था कि तुम्हें कुछ चुभ जाए।" वह उठ कर बोला, "आइए, मि. राइनो!

आप यहां से हटिए और इस सुंदर लेडी को यहां बैठने का मौका दीजिए।” फिर उसने हाथ बढ़ा कर उसकी कुर्सी खींची।

लड़की ने शायद इससे बेहतर फ़्लर्ट कहीं नहीं देखा। वह चारों खाने चित रही। ज़िंदगी में अब तक जितने लड़कों से मिलने का मौका मिला, यह उनमें से सबसे अलग दिखा और उधर शादाब सोच रहा था कि उसने इससे पहले कभी ऐसा अच्छा कवरअप नहीं सोचा होगा।

“थैंक यू मि. राइनो।” वह अदा से गर्दन मोड़ कर मुस्कुराई। एक ऐसी मुस्कान जो आंखों में चमक ला देती है।

शादाब झट से अपनी सीट पर जा बैठा। वह भी क्या करता, न चाहने पर भी घाटियों में नज़र उतर ही गई। ब्राउन। चॉकलेट वैली!!!!

“तो... क्या मैं तुम्हारा लैप ले सकती हूं...।” उसके मोबाइल पर आए एक संदेश ने बात को बीच में ही काट दिया।

“मेरा लैप???” शादाब ने हैरानी दिखाते हुए कहा।

“टॉप...।” उसने मुस्कान के साथ बात पूरी की। वह अब भी पूरी स्पीड से मोबाइल पर संदेश भेज रही है। फिर काम निबटा कर बोली, “हां, क्या अब ले लूं?”

डूड!! लड़की तो हॉट है। वैसे भी जब से उसने पिछले हफ़्ते से कॉलेज पार्किंग से उसकी कार रिवर्स करने में मदद की है, वह लगातार मुस्कुराहटों के गुच्छे भेजती ही रहती है।

“यह लो... लैपटॉप।” उसने धीरे से कहा और स्क्रीन पर देखने लगा।

अर्निका और उसकी तस्वीर। उसके होमपेज का वॉलपेपर। उसने पिछले कुछ मिनटों में आए सारे बेहूदे विचारों को झाड़ फेंका। वफ़ादारी भी कोई चीज़ होती है। इसकी क़ीमत चुकानी पड़ती है। उससे पूछिए। अंदर ही अंदर क्या चल रहा है? वह लैप उसकी ओर कर देता है।

ज्यों ही आस्था ने होमपेज देखा, तो उसकी मुस्कान जैसे गच्चा खा गई शादाब और अर्निका की फ़ोटो। एक दूसरे को हग करते हुए, किसी जोड़े की तरह!!!!

सेक्सी! सब्टल। काफ़ी पैसे वाली दिखती है। आस्था ने एक ही नज़र

में काफ़ी कुछ भांप लिया। वैसे वह पिछले कुछ हफ़्तों से शादाब को दिल दे बैठी थी। अचानक उस पर मायूसी छा गई।

"ओह! तो तुम पहले से कहीं दिल दे बैठे हो।" उसने हलका-सा झुक कर सैंडिल ठीक किया। उसका ट्यूब टॉप भी यहां कोई काम नहीं आ रहा।

"हां... साल से ज़्यादा हो गया।" उसने उसी ठसक से कहा, जैसे कोई घुटनों के बल चलने वाला नन्हा बच्चा अपने खिलौनों की बातें करे।

"वाउ... हाउ स्वीट!!! यहीं दिल्ली में है क्या?"

अब उस अर्जेंट ई-मेल का कोई अता-पता नहीं था, जिसके लिए आस्था वहां मौजूद थी। शायद ऐसा कोई ई-मेल था ही नहीं।

"नहीं... न्यूयॉर्क!"

"वाउ... पर एक एलडीआर के लिए भी दूरी तो है।" उसने जरूरत से ज़्यादा मेनीक्योर नाखूनों पर फूंक मारी।

"वह इतनी प्यारी है कि उसे छोड़ने के बारे में सोचा तक नहीं जा सकता।" उसने सपनीली आंखों से कहा।

"वह तो मैं देख ही सकती हूं... वह प्रिटी है।" फिर मन-ही-मन बोली बिच कहीं की!!

आई नो!

"पता है कि मैं भी ऐसे ही रिलेशन में थी... पर बात कुछ जमी नहीं...।" पर यह देख कर हमेशा अच्छा लगता है कि कोई तो है, जो प्यार में भरोसा रखता है।

वह मुस्कुराता है। वह मुस्कुराती है।

कुछ मिनट तक और यहां-वहां की गप्पें चलीं। कुछ और मुस्कुराहटें ली-दी गईं।

दस मिनट और बीत गए। कुछ और मुस्कानों का आदान-प्रदान हुआ। भई दोनों में कैमिस्ट्री तो दिख रही है।

वह उसे बता रही है कि किस तरह क्लास का एक लड़का उसे पटाने की कोशिश में था कि अचानक शादाब अपना हाथ कान के पास ले आया

और कुछ सुनने का अभिनय करने के बाद बोला "मि. राइनो... जानना चाहते हैं कि तुम... कोल्ड कॉफी लोगी या कोक?"

दोनों की हंसी गूंज उठी। इस बार। हंसी असली थी। हंसी सुन कर तो जैसे आस्था की चाह और भी गहरा गई। यही हाल शादाब का भी था।

बस दोस्तों की तरह ही...

हो सकता है। अभी तो ऐसा ही है। आगे का पता नहीं।

सोने के लिए कंधा। नहीं, बेशक यह उसका कंधा नहीं था।

24 अगस्त 2010

"हे अर्निका... उठो। हम पहुंचने ही वाले हैं।" उसके क्लासमेट जेसन ने उसे अपने कंधे से हटाते हुए कहा, पर अर्निका ने कंधे से सिर उठाने से मना कर दिया।

वे पहले लैक्चर के लिए कॉलेज बस में एकेडमिक ब्लॉक की ओर जा रहे हैं। उनका पहला लैक्चर आठ बजे था और उस पर तुर्रा यह कि उस दिन सोमवार था।

"नहीं शा... मैं नहीं उठूंगी...।" अर्निका ने मुंह में ही आधे-अधूरे शब्द दोहराए और उठने से इंकार कर दिया। वह जेसन की छाती से और कस कर लिपट गई।

उसने बुरा नहीं माना। भला एक अच्छा ख़ासा लड़का ऐसी बात का बुरा क्यों मानेगा?

पिछली रात अर्निका पर काफ़ी भारी रही। शादाब का अपने डैड से काफ़ी बड़ा पंगा हो गया था और उसे आज सुबह ही कानून और समानता पर पंद्रह सौ शब्दों का पेपर जमा करवाना था।

दोनों ही उसका ध्यान चाहते थे। 100% अटेंशन।

फिर भी।

उसने लॉ की बजाय लव को चुना।

अपनी पहली एनीवर्सरी पर भी वे इसी वजह से लड़े थे। बार-बार

गलती दोहराई जाए, तो उसे आदत कहते हैं और वह नहीं चाहती कि रोज़ की झड़प एक आदत बन जाए। सुबह 3.30 पर सोने का मौका मिला। सुबह 6.00 बजे सूरज उगा और वह सात बजे उठी। जब घड़ी के कुत्ते ने भौंकना शुरू कर दिया।

"आई लव यू शादाब...।" वह अपने ही नशे में बुदबुदाई और जेसन ने उसके चेहरे पर आई कुछ लटें संवार दीं।

वह सपना देख रही है कि वह शादाब के साथ है। जब वह उसके साथ घूमने जाती है। जब वह सबसे बेहतरीन कैफेचीनो देने वाली कॉफी शॉप पर जाती है। जब वह नए बने दोस्तों के साथ बैठती है। जब वह यूनिवर्सिटी में, उस बड़े से बरगद के नीचे बैठती है। वह सपना देखती है कि शादाब के कंधे पर उसका सिर टिका है।

और फिर जब अर्नि का हाथ अनचाहे ही जेसन के हाथ की ओर बढ़ा तो उसने भी सहारे के लिए अपना हाथ आगे कर दिया।

शादाब, उसने अर्नि के फेसबुक प्रोफाइल पर उस लड़के को देखा है। उसे पता है कि प्यार का रंग गहरा है, पर लंबी दूरी अक्सर मजबूत बंधनों को भी ढीला कर देती है। वह बड़े ही मुलायम तरीक़े से उसके हाथ को अपने हाथ में ले लेता है

अचानक अर्नि की आंखें खुलीं और वह झटके से उठ बैठी। हो सकता है कि उसे स्पर्श में अजनबीपन लगा हो। हो सकता है कि जैसन के शरीर में कुछ सैकंड पहले आया फ़र्क़ उसने महसूस कर लिया हो। "आई एम सॉरी।" उसने जैसन से पलकें चुराते हुए कहा।

"कोई बात नहीं... मैंने बुरा नहीं माना।" उसने जवाब दिया।

"पर मुझे बुरा लगा।" अर्नि ने कांच की खिड़की से बाहर देखते हुए खुद से कहा।

दूरी का असर उस पर भी हो रहा है।

हो सकता है। कम-से-कम अभी तो दिख ही रहा है।

सितंबर

फाइट. फाइट. फाइट.

24 सितंबर 2010

रात के 1.30 बजे (IST)

दोपहर 3.30 बजे (IST)

"तो... आस्था... अच्छी लड़की लग रही है... तुम दोनों उसकी फेसबुक डिस्प्ले पिक्चर में क्यूट लग रहे हो... ये कहां है?" आपसी रसमी दुआ-सलाम के बाद अर्निका ने सवाल-कम-कमेंट किया। भारत में रात और न्यूयॉर्क में दोपहर। दोनों अपने-अपने बिस्तर पर बैठे, स्काईप के माध्यम से वीडियो-कॉल कर रहे हैं।

"हम सब लास्ट वीकएंड पर घूमने गए थे... हाईप... बताया तो था... भूल गई क्या?" शादाब ने पूरे आत्मविश्वास से कहा। उसे कुछ छिपाने की कोई जरूरत नहीं। कम-से-कम अभी तक तो नहीं है।

"अच्छा... हां याद आया। हाईप... जब मैंने तुम्हें फ़ोन किया था, तो तुम टल्ली थे और मुझसे ही पूछने लगे कि अगर मैं सिंगल हूं, तो क्या तुम्हारे साथ कॉफी पीने चलूंगी?" अर्नि की बात पूरी होने से पहले ही शादाब खिलखिलाने लगा।

"सच्ची अर्नि! मैं तो तुझे बुद्धु बना रहा था।"

"हां... हां भई, मान लिया न।" अचानक अर्नि का फ़ोन बजा और उसने शॉर्ट की पॉकेट से फ़ोन निकाल कर कॉल ली।

"हे जे।" उसकी आवाज़ की चहक शादाब तक भी पहुंची।

"ओ. के. ... अच्छा रुक... शायद मेरे पास है।" वह उठ कर वेबकैम की रेंज से बाहर हो गई और शादाब के सामने स्पर्म रंग की दीवार ही देखने के लिए रह गई।

वीडियो कॉल न तो रोकी गई और न ही काटी गई। माइक्रोफ़ोन भी बंद नहीं किया गया। शादाब कमरे में गूंजती उसकी हलकी आवाज़ सुन सकता है।

जे...! अब यह कौन सी बला है? यह 'जे' क्या नाम हुआ? बेशक

इन अमरीकियों के नाम बेढब होते हैं, पर यह जे... ? अर्नि ने तो कभी जे के बारे में कुछ नहीं बताया। क्या यह कोड वर्ड है? क्या जे सिंगल है? वह हंस क्यों रही है? क्या दोनों कोई घटिया और पर्सनल जोक शेयर कर रहे हैं? उसने सोचा। फिर उसने हैडफ़ोंस को दोनों हाथों से सही तरीक़े से कानों में डाला, ताकि वहां कमरे में से आती मद्धिम आवाज़ें भी ध्यान से सुन सके।

"हां... आई नो... बस कर। मैं मर जाऊंगी।..." काफ़ी माथापच्ची के बाद यह ही समझ में आया।

"ओ.के.... जैसन! तुम तो स्वीटहार्ट हो।" अचानक उसका स्वर पहले से साफ़ होता गया और वह पलंग पर आ बैठी।?

अब उसके कान पर मोबाइल नहीं था।

"शादाब परवेज़ तुम मेरी जासूसी कर रहे थे?"

"मैं... नहीं तो।" उसके हाथ अब भी हैडफ़ोन पर टिके हैं। उसके चेहरे के भाव। जैसे शरलॉक होम्स। लड़कियों को ऐसी बातों का पता लगाने में देर नहीं लगती।

बेशक! हाव-भाव ही काफ़ी कुछ कह जाते हैं।

"प्रिंसेज़... मान लो। मैं तुम्हें अपनी मेज़ से देख सकती थी और तुम यह जानने की फिराक में थे कि यहां हो क्या रहा है।" उसने बड़े ही ठसके से कहा।

"ओ.के.... हो सकता है।" उसने पोज़ीशन बदली और पलंग पर लेट गया।

शादाब जैसन के बारे में जानता है। जब से अर्नि ने उसे फेसबुक लिस्ट में शामिल किया है। वह उसके बारे में सब पता लगा चुका है। बस तीन सप्ताह और चार दिन ही हुए हैं।

उसके पास अर्नि का पासवर्ड है।

अर्नि के पास भी है।

इसी तरह उसने आस्था के साथ शादाब की फोटो देखी थी।

इस तरह एक-दूसरे पर नज़र रखने में आसानी रहती है। आपसी भरोसा। जैसे किसी बैंक में ज्वाइंट एकाउंट, एमाउंट बढ़ता ही जा रहा है।

तो जैसन की बात पर आते हैं।

अर्नि का कॉलेज का दोस्त है। वह उसके होस्टल के पास रहता है। उनके पास कुछ सब्जेक्ट कॉमन हैं। वे बस दोस्त हैं। हैल्दी फ्रेंडशिप। कॉफी फ्रेंड्स। डैम!!!!

"तो यह जैसन जे कब हो गया?" उसके अलग से सुर का अर्निका पर कोई असर नहीं पड़ा। वह उसे अच्छी तरह से जानती है। अंदर-बाहर सब जगह से...

"जब से पिछले वीकएंड पर हमने उसके कमरे में एक दूसरे को किस किया। जवाब आया।"

"हा... हा फनी!!!" उसने अपनी नाराज़गी दिखाने की कोई कोशिश नहीं की।

"ओ... मेरी प्रिंसेज़ को जलन हो रही है?"

"जाओ यहां से!!" शादाब ने एक लड़की की सी अदा दिखाई और वेबकैम पर हाथ रख लिया, ताकि उसका चेहरा अर्नि को न दिखे।

रोल रिवर्सल! इनकी रिलेशनशिप में ऐसे ही चलता है। शादाब, दुख में डूबी युवती। द प्रिंसेज़ और अर्निका एक हंक। घोड़ा दौड़ाने वाला राजकुमार।

"सीरियसली प्रिंसेज़। क्या मैंने कभी आस्था और तेरे पर शक किया? चाहे तू सुबह के चार-चार बजे उसके साथ टल्ली हो कर क्यों न घूम रहा हो।" उसने मान लिया कि वे दोनों अब भी साथ ही हैं और उसका मन उदास हो गया।

शादाब ने लैंस से हाथ हटाया और फिर से मैदान में आ गया।

"किस कमीने ने कहा कि मैं शक कर रहा था?"

"तेरी आवाज़... तेरी टोन... तेरे हाव-भाव... सबसे पता लग रहा था। तू छोटे दिल का होता जा रहा है।"

"ओह हां...।" कह कर उसने उंगलियां चटकाईं, "मैं छोटे दिल का... जो तुझे कहीं भी, किसी के भी साथ जाने देता है, कुछ भी पहनने देता है... जो जी में आए करने देता है?"

अब दिल्ली के मच्छरों को दोष दें या उस प्लंबर को जो टॉयलेट का

फ्लश ठीक करने नहीं आया। उसके माथे पर अचानक उग आए पिंपल को दोष दें या डिनर में खाई चिपचिपी मैगी को, या फिर ग़लती से टॉरेंट से डाउनलोड हो गई मालू पोर्न को। बस तक़रीबन लड़ाई होते-होते बची।

उसकी नसें फड़फड़ा रही हैं। ख़ून खौल रहा है।

अर्नि ने सूखे होंठों पर जीभ फेरी। वह भी लड़ने को तैयार है। शी... जरा सुनने में अजीब लग रहा है। "मैं यकीन नहीं कर सकती कि तुझे मेरे पहने हुए कपड़ों पर भी ऐतराज हो सकता है... मैं वही कपड़े पहनती हूं, जो तेरे साथ होते हुए पहनती थी... तब तो तुझे कोई तकलीफ़ नहीं हुई?" उसने सवालों की तोप दाग दी।

वह क्या पहनती है, दरअसल बात का विषय तो था ही नहीं। ओ. के.! लड़ाई की यही ख़ूबी होती है – इसकी जड़ का तो अता-पता ही गायब हो जाता है, जैसे किसी वेश्या का कुंआरापन।

"क्योंकि... क्योंकि तब तू मेरे साथ थी... अमेरिका जैसे किसी देश में अकेली नहीं थी... बेपरवाह... पर तुझे क्यों परवाह होने लगी।" उसने भी जवाब दे मारा।

"बिल्कुल ठीक, भला मैं क्यों परवाह करने लगी?... शादाब मैं किसी की परवाह नहीं करती... न तेरी... न अपनी और न ही हम दोनों की... मैं ठहरी बेवकूफ... अपने प्लान चौपट करके भी तेरी ख़ुशी के लिए बातें करती रहती हूं... मैं तेरी जैसे नहीं... वैसे तुझे परवाह है?"

तेरी खुशी। सिंगुलर वाक्य। इससे शादाब को चोट लगी। तेज़ी से पलटवार हुआ।

"मेरी ख़ुशी??????, मैं पिछले दो महीने से रातों को जाग रहा हूं, अब तो जब सिक्योरिटी गार्ड बदलते हैं, तो उनको आवाज़ से ही पहचान लेता हूं और तू कहती है कि यह सब मेरी ख़ुशी है, सिर्फ़ मेरी ख़ुशी!!!!!"

फिर उसने वह किया, जो उसे नहीं करना चाहिए था। बादल फट गया। हवा निकली और खिड़कियां बजने लगीं।

उसने उसे उंगली दिखाई। एक बेचारी निःस्वार्थ उंगली। लड़ाई का मुद्दा फिर से बदल गया।

"तूने मुझे उंगली दिखाने की हिम्मत कैसे की?" अर्नि ने भी पैंतरा बदला।

"मेरा... मन कर रहा था।" वह अकबका गया। वे तो इस बारे में नहीं लड़ रहे थे। उसने मन-ही-मन सोचा। यह तो फॉउल हो गया।

"फाइन... ठीक है, तू मुझे तभी फ़ोन करना, जब तुझे लगे कि तेरे हाथ तेरे काबू में आ गए हैं।"

"मेरी उंगलियां तो क़ाबू में ही थीं। तूने ही इन्हें बिगाड़ा है। जब तक तेरी इच्छाएं सामने नहीं आई थीं, तब तो सब ठीक ही था।"

चुप्पी। अर्नि को यक़ीन नहीं हो रहा है कि शादाब ने ऐसा कहा। वैसे यक़ीन तो शादाब को भी नहीं हो रहा।

"बाय।" उसने फ़ोन काट दिया। अगले ही पल ऑफलाइन हो गई। उसके दूसरे ही पल मोबाइल बंद कर दिया।

ऐसा नहीं कि शादाब ने उसे दोबारा फ़ोन नहीं मिलाया।

यह उनकी पहली लड़ाई है।

उनकी इकलौती लड़ाई!

अब तो कम-से-कम ऐसा ही है।

और फिर पानी बरसा... बादलों से भी... आंखों से भी...

26 सितंबर 2010

बारिश! हलकी रिमझिम, ठंडी हवा, बूंदाबांदी का स्वर। गटर बंद हो गए। सड़कें जाम हैं। सड़ांध ऐसी कि उन्होंने सिर्फ़ वोदका चढ़ा ली और नींबू डालना भूल गई। रंगीन छतरियां। उनके पीछे टकराते सिर। बारिश। कारों के शीशे, जो बातचीत से ही धुंधला रहे हैं। कपड़ों ने शरीरों से चिपकने का फैसला कर लिया है। बी डी जैसा लग रहा है। हाथ हर गोल लगने वाली चीज़ को निचोड़ रहे हैं। चारों तरफ़ जोड़े। हाथों में हाथ! बांहों में बांहें और...। पक्षी मानो इन्होंने तो एक साथ चहचहाने का ठेका ले लिया हो।

बारिश हो रही है और मैं अकेला हूं। तुम्हारी बहुत याद आ रही है।

खिड़की के पास बैठे शादाब ने गोद में गरमा रहे लैपटॉप पर फेसबुक अपडेट किया और बाहर से आती रिमझिम की कुछ बूंदें मुंह पर आ पड़ीं।

आज वह कॉलेज नहीं गया। मौसम, लड़ाई... ऐसा लग रहा है कि उसके पीरियड्स हो रहे हैं। बेचैन, परेशान और उदास। उसने मोबाइल उठाया और अर्नि का फ़ोन मिलाने से पहले ही काट दिया।

अहं तो ऐसा ही होता है।

वह फिर से उसका फ़ोन मिलाते हुए फेसुबक खोलता है। अर्नि का पिछला अपडेट चार घंटे पहले था। वह लैप की घड़ी में टाइम देखता है। वह न्यूयॉर्क के टाइम के हिसाब से सैट है।

सुबह के तीन बजे हैं।

चौबीस घंटे से ज़्यादा हो गए हैं। एक बात तक नहीं हुई। यह सोच कर ही शादाब का मुंह सूख गया। उसने रीतेश को मैसेज किया। जवाब झट आ गया।

क्लास में हूं। पंद्रह मिनट बाद फ़ोन करूंगा।

अब क्या करें!!!

वह फिर से एक नंबर डायल करता है।

इस कॉल का जवाब झट से आता है।

"हे... क्या चल रहा है?"

"कुछ ख़ास नहीं। बस अभी उठा... तुम कहो।"

"कुछ नहीं।"

"तुम्हारी आवाज़ अब भी वैसी ही लग रही है। लड़ाई ख़त्म नहीं हुई?"

"हां... तुम कहां हो?"

"कॉलेज के बस स्टॉप पर खड़ी हूं। आज ही कार नहीं लाई और आज ही यह बारिश होनी थी... ख़ैर... तुम क्यों नहीं आए? पता है न... तुम्हारी हाजिरी साइकोलॉजी के टीचर के आई क्यू से भी ज़्यादा कम होती जा रही है?"

शादाब के चेहरे पर एक मुस्कान! लड़ाई के बाद पहली मुस्कान। पर इसकी वजह अर्नि नहीं है।

"आस्था... तुम अभी फ़्री हो?"

"हां... अगर यह कोस्टा में एक कप कैफेचीनो के लिए हो तो..."

एक और मुस्कान।

"मैं पंद्रह मिनट में आ रहा हूं।"

कॉल कट। वह पहले से बेहतर, हलका और खुशनुमा महसूस कर रहा है। हालांकि अर्नि अब भी दिमाग़ के एक हिस्से में छाई हुई है।

कम-से-कम अभी तक तो है ही। हो सकता है...

अक्टूबर

फिर सुलझ गया मामला

3 अक्टूबर 2010

वे तीन जादुई शब्द। उन्हीं के सहारे तो दुनिया चलती है और चलती है। और चलती है। वे तीन जादुई शब्द। किसी भी रिलेशन का एसेंस होते हैं। वे तीन जादुई शब्द। वे किसी भी तरह के गमगीन हालात में भी ताज़गी भर देते हैं। वे तीन जादुई शब्द। वे एक-दूसरे से बांधते हैं और कभी-कभी तो बहुत क़रीब से बांधते हैं। सूर्योदय की कीर्ति और चांद की रोशनी का रोमांस। वे तीन जादुई शब्द। इन्हें कहना इतना आसान नहीं होता और उन्हें पचाने के लिए कई तहों वाली नींव की क्षमता की आवश्यकता होती है।

वे तीन जादुई शब्द। वे हर लड़ाई को सुलझा देते हैं। हर ग़लतफहमी को मिटा देते हैं। हर ग़लत धारणा को बदल देते हैं। सारी बहसों का अंत कर देते हैं। चेहरे पर मुस्कानें ले आते हैं और ईगो को मिटाने में मदद करते हैं।

वे तीन जादुई शब्द।

मैं ग़लत थी।

अर्निका ने ही शादाब को मैसेज किया। एक सप्ताह से चल रही लड़ाई भी तो निबटानी थी।

उसका तकिया आंसुओं से भीग-भीग कर तंग आ गया है। शादाब के फेफड़े स्मोक से धुधला गए हैं। पिछले छः दिन और रातें।

हां। एक सप्ताह। सात दिन और रातें। हां, रातें भी तो।

कोई बातचीत नहीं, कोई टैक्सट नहीं। यहां तक कि कोई अकेला, उदास ग़रीब और बेचारा मैसेज तक नहीं!!!! जवाब में भी तीन जादुई शब्द शादाब ने भेजे।

आई एम सॉरी!

जवाब पढ़ते ही अर्नि की आंखें चमक उठीं। पेट में चूहे कूदने लगे। बस यह भाव ही ऐसे होते हैं।

और फिर फ़ोन पर बात हुई। हज़ारों वाक्य कहे सुने गए। हज़ारों भाव महसूस किए गए। और आख़ीर में एक-दूसरे को फिर से वही तीन जादुई शब्द कहे गए।

आई लव यू!

अभी तो यही है। हो सकता है कि यही हो।

नवंबर

स... पे... स

11 नवंबर, 2010

हर अच्छी चीज़ का अंत तो होता ही है। प्रकृति का यही नियम है और हम इंसानों को भी मानना ही पड़ता है। लेफ्ट राइट और फिर सेंटर।

छुट्टियां ख़त्म। आर्गेज्म भी ख़त्म। मुस्कानें सूख गईं। चॉकलेट पिघल गए। तंदूरी चिकन जल गए। सभी अच्छी चीज़ों का ऐसा ही अंत होता है, ताकि बुरी घटनाओं के लिए जगह बन सके। अचानक ही कुछ ऐसी घटनाएं घटती हैं कि क्या कहें? मिठाई की वजह से नाक पर निकला पिंपल। पिछवाड़े पर एलर्जी ब्वायफ्रेंड से झगड़ा। फिर से...

ब्लैकबेरी मैसेंजर चैट

12.30 p.m. (IST)

3.00 a.m. (EST)

वह पहले उसे पिंग करता है और फिर मैसेज करता है।

फिर?

पांच मिनट बीत जाते हैं। कोई जवाब नहीं आता। वह उसे फिर से पिंग करता है। कोई जवाब नहीं...। वह फिर से कॉल करता है। बीयर से चढ़ी आंखों में गुस्सा भड़क रहा है। पिछली रात का हैंगओवर अभी उतरा नहीं है और वह कॉलेज के बाहर कार में बैठा है। वह कॉलेज के ऑडी में, कॉलेज थियेटर ग्रुप के साथ फेस्ट परफॉरमेंस के लिए प्रेक्टिस कर रहा था। तब किसी ने किसी से यू-ट्यूब वीडियो के बारे में पूछा और उसके लैप पर नज़र पड़ गई जब वीडियो वाला काम हो गया, तो उसने आदतन उसका फेसबुक प्रोफाइल खोल लिया। और यह क्या!!!!! उसने कुछ ऐसा देखा, जिसने उसे अंदर तक जलाकर राख़ कर दिया। उसने सबसे बहाना मारा और बाहर कार में आ गया।

एक और मैसेज। एक और पिंग। कोई जवाब नहीं आया। उसने एक बार फिर कॉल किया। नो रिप्लाई। अब तो गुस्सा सातवें आसमान पर जा पहुंचा। उसे एक सिगरेट पीनी होगी। उसे बीसवीं बार फ़ोन मिलाते समय वह तीसरी सिगरेट पी रहा था और अब भी नो रिप्लाई। उसके गुस्से में हलकी-सी चिंता की झलक भी दिखने लगी।

उसने खीझ कर फ़ोन को पैसेंजर सीट पर दे मारा और जेब में रखी आख़िरी सिगरेट जला ली। अब वह पूरा पैकेट नहीं रखता। अर्निका ने कहा है। वह सिगरेट छोड़ने की कोशिश कर रहा है। उसके लिए। उन दोनों के लिए।

वह आख़िरी कश ले रहा था कि सैल बीप करने लगा। उसके जवाब की अधीरता पर अंकुश की चिंता हावी हो गई, उसके ग्रुप का सदस्य मैसेज कर रहा था। उन सबको प्रेक्टिस के लिए उसकी ज़रूरत थी, क्योंकि वह एक ख़ास किरदार निभा रहा है।

उसने जवाब देते हुए दस मिनट मांगे और फिर आख़ीरी बार फ़ोन मिलाया। कोई जवाब नहीं आया। फिर उसने अर्निका की डोर्म में साथ रहने वाली दोस्त ताशी का नंबर मिला लिया।

जैसे ही वहां से फ़ोन उठाया गया। वह स्वयं ही शुरू हो गया।

"हे ताशी! आई एम सॉरी, तुम्हें इतनी रात गए परेशान कर रहा हूं, पर प्लीज़ ज़रा अर्निका के कमरे में जाकर चैक करो कि सब ठीक है न... वह मेरी कॉल्स का जवाब नहीं दे रही..."

"शादाब?"

"हैलो अर्निका?... तुम हो कहां? पीछे से तेज़ म्यूज़िक चलने की आवाज़ आ रही है। ट्रांस म्यूज़िक। इससे दो बातें तो साफ़ हो गई हैं। एक पार्टी चल रही है और पूरे रंग में है।

"हाय बेबी... सब ठीक है, न?" वह बाहर की तरफ निकलते हुए चिल्लाती है, ताकि संगीत के शोर में उसकी आवाज़ न दबे। उसकी टोन में चहक-सी है। जैसे उसने बीयर ली है या ज़्यादा कैंडी ले ली है।

"तुम हो कहां... ? तुम मेरे फ़ोन क्यों नहीं ले रहीं?... ये इतना शोर कहां से आ रहा है?..."

सवाल ही सवाल!

वह उन सबका जवाब देती है।

"मैं एक इनहाउस पार्टी में हूं और सैलफ़ोन कमरे में भूल आई हूं... क्या बात है... क्या वहां अभी सुबह नहीं हुई? तुम कॉलेज में नहीं हो?"

विज़ुअल। उसके सामने पार्टी की तस्वीरें कौंध गईं। उसने अमरीकन पाई देखी है। उन सबने देखी है।

"तुम इतनी रात गए बाहर क्या कर रही हो?" अबकी तो ज्वालामुखी फट ही गया। अभी भी संगीत का हलका स्वर आ रहा है।

वह थोड़ी परेशान-सी हो गईं कुछ टकीला शॉट अक्सर इंसान को थोड़ा सुन्न-सा कर देते हैं। बात समझनी ज़रा मुश्किल हो जाती है।

"तुम मुझ पर चिल्ला क्यों रहे हो?"

"यह लड़का अर्जुन कौन है? उसने फेसबुक प्रोफाइल पर तुम्हें अपने साथ पिक में टैग क्यों किया है? तुम उसकी गोद में क्यों बैठी हो?"

तो यही उसके फ़ोन करने की ख़ास वजह है?

चुप्पी!

वह अक्सर इन हालात में यही करती है। अब वह बस उसकी भारी सांसें सुन सकता है। और अंदर से किसी के कॉल वेटिंग की बीप सुनाई देती है।

"अर्निका... मुझे पता है कि तुम वहां हो।" वह खांसता है। "मुझे जवाब दो।"

"सिगरेट पी रहे थे?" वह फुंफकारी।

"बात मत बदल।" वह लड़ने को उतारू था।

उसने गहरी सांस ली।

"सुन... मैं कल फ़ोन करूंगी, ओ.के.?... ." अभी अपना मूड ख़राब नहीं करना चाहती।

"नो!" अभी जवाब दे।

"सुन... जब तू हाइपर नहीं होगा। तब बात करेंगे।"

"अर्निका भाड़ में जा... एक तू है, जो अलग-अलग लड़कों के साथ तस्वीरें खिंचवाती डोल रही है। तू है, जो इतनी रात को किसी लड़के के घर पार्टी मना रही है और मैं हाइपर हो रहा हूं?"

"तुम हर हफ़्ते वीकएंड मनाने नहीं जाते... मुझे तो कोई फ़र्क नहीं पड़ता... तुम्हारी मुश्किल क्या है? क्या मैं अपने तरीक़े से जी नहीं सकती?"

"मेरे बिना... नहीं जी सकतीं।"

"हूं...।"

"हे अर्नि... तुम बाहर क्या कर रही हो?... मैं तो तुम्हें सब जगह खोज आया।"

पीछे से किसी पुरुष का स्वर सुनाई दिया। अब तो शादाब का पारा और भी चढ़ गया।

"अर्जुन अभी आई... बस दो मिनट।"

अर्निका ने हाथ से फ़ोन ढकने की भी नहीं सोची। शादाब को पता लगना ही चाहिए। वह फिर से बात करने आ गई।

"हां शादाब... कुछ और कहना चाहते हो?"

"नहीं, कुछ नहीं! मैं तुम्हें रोकूंगा नहीं। अर्जुन अंदर तुम्हारा वेट कर रहा है।" उसने अपने व्यंग्य से सनी आवाज़ में कहा।

"ओ.के.... तुमसे बाद में बात करूंगी... और हां, वैसे बता दूं कि तुम मेरे ब्वायफ्रेंड हो, पापा नहीं हो। तो तुम्हें मुझे यह बताने की ज़रूरत नहीं कि मैं रात को चार बजे ड्रिंक कर सकती हूं या नहीं?"

वह हंसा। बड़ी ही नकली और दुष्ट किस्म की नीच हंसी!!!!

"काश! मुझे हर बार तुम्हारा डैड न बनना पड़ता।"

शब्दों की मार गहरी होती है। उसने गहरा वार किया है।

अर्निका के शब्द बिखरने लगे। आंखों में नमी आ गई।

"मैं याद रखूंगी।"

खारे आंसू मुंह में जा रहे थे।

वह गुस्से में है और गुस्सा तो बस ऐसा ही होता है।

कॉल कट कर दी गई

यह उन दोनों के लिए एक कठिन समय है, पर यह भी बीत जाएगा। अब तो बीत ही जाएगा। हो सकता है, ऐसा ही हो।

यह ऑफिशियल है। यह काफ़ी उलझा हुआ है।

13 नवंबर 2010

हे प्रिंसेज़,

तो कैसी हो तुम? नाटक कैसा चल रहा है? रीतेश और अलि कैसे हैं? उम्मम्म... शादाब! अच्छा सुन। बस अब इस कहानी में और गंद न घोलें, वैसे ही बहुत अति हो गई है।

प्रिंसेज़! मैं तुमसे प्यार करती हूं। हां, तुम नहीं करते, उसके बावजूद करती हूं। उस दिन यानी उस रात जो भी हुआ उसे भुला दे।

जब भी चांद पूरी शिद्दत के साथ चमकता है, तो मैं तुझे किस करने के लिए तरसती हूं। यह जान कर बड़ा बुरा लगता है कि जब

मैं पी कर नशे में घुत होना चाहती हूं, तो तू मेरे पास नहीं होता। तेरे बिना कहीं जाना अच्छा नहीं लगता। माना तुझे हमेशा फ्री ड्रिंक्स की ऑफर मिलती रहती है और वह भी महंगे वाले!... अच्छा मैं बात का सिरा घुमा रही हूं... बड़ा बुरा लगता है, जब मैं तेरी नापसंद फिल्में देखते समय तेरी शर्ट में अपनी नाक नहीं घुसा पाती। कोई खिझाता नहीं और न ही कोई सैंडविच बना कर देने की बात करता है।

प्रिंसेज़ पिछले कुछ महीने सचुमच बड़े ही चुनौतियों से भरे रहे। हम एक साथ हंसे, रोए, ऑनलाइन डेट्स कीं और स्काइप पर वह सब भी किया, जो हमें नहीं करना चाहिए था। हम छोटे-छोटे मामलों पर भी लड़े हैं। हे भगवान! लगने लगा है कि हमारी शादी हो गई है! बस वही बात नहीं हुई, तुम जानते ही हो।

मैंने तुम्हें बहुत मिस किया। मैंने हम दोनों को मिस किया। तुम मेरी ज़िंदगी के सबसे बेहतरीन पल हो, इससे बेहतर कुछ हो ही नहीं सकता। तुम तो सचमुच मेरे नए लुई वुईटन बैग हो।

प्रिंसेज़, तुम्हें हुआ क्या है?... हर दूसरे हफ्ते हमारे बीच लड़ाई क्यों हो रही है? मुझे पता है कि इससे तुम्हारी परफॉरमेंस पर भी फ़र्क पड़ रहा है और निश्चित रूप से हम ऐसा तो कभी नहीं चाहते थे। सो शादाब, हो सकता है कि तुम आख़िर में मुझे सबसे ज़्यादा गालियां दो या लताड़ो पर मैंने तय कर लिया है कि हमें क्या करना चाहिए। हमें अपने आप को थोड़ा रेस्ट देना होगा। मुझे पता है, अब तक तो तुम्हारी त्यौरियां चढ़ गई होंगी और सोच रहे होंगे कि इस बार भी मैं तुम्हें जलाने की कोई नई तरकीब लाई हूं, पर इस बार मैं इस मामले में पूरी तरह से सीरियस हूं।

वह तय नहीं कर सकता कि मुस्कुराता रहे या त्यौरियां चढ़ा ले, इस बात को वह अच्छी तरह जानती है और वह भी जानता है।

नहीं-नहीं, हम ब्रेकअप नहीं कर रहे। नहीं, अगर तुम चाहो भी तो यह नहीं होने वाला। तुम एक पैसे वाले लड़के हो, मैं इतनी आसानी से तुम्हें नहीं छोड़ने वाली। यह तो समझो एक कूलिंग पीरियड की तरह होगा। इस बार हमने तय किया है कि हम शादाब और अर्निका को थोड़ा

समय देंगे। ज़रा सोचो तो सही, पिछले कुछ माह से हम उस ज़िंदगी को कोसते आ रहे हैं, जिसे कि हम जीना चाहते थे। शादाब, यह समय कभी लौट कर नहीं आएगा और न ही हमें अपनी महत्वाकांक्षाएं पूरी करने का ऐसा मौक़ा मिलेगा। वैसे भी अगर मैं एंबेस्डर बन गई, तो हमें बिज़नेस क्लास में फ्री ट्रैवल का मौक़ा मिलेगा, सेक्सी, है न?

तो यह रहा प्लान! हम अगले माह मेरे लौटने तक एक-दूसरे को कॉल नहीं करेंगे, टैक्सट मैसेज नहीं करेंगे और न ही पिंग करेंगे। इससे हमें मज़बूत बनने में मदद मिलेगी। हमें अपनी प्राथमिकताएं तय करने में मदद मिलेगी, एहसास होगा कि हम क्या चाहते हैं और हमारे पास है क्या?

हो सकता है कि इसके लिए तुम मुझसे नफ़रत करो। इसे और भी जटिल बना देने के लिए कोसो। हो सकता है कि तुम मुझे दफ़ा करने या धोखा देने का ख़्याल भी मन में ले आओ, जो कि पूरी तरह से ठीक होगा, क्योंकि मैं तुम्हें या तुम्हारी ज़िंदगी को बरबाद नहीं कर सकती। मेरा नंबर डायल करना बंद करो और पहले पूरा मेल पढ़ लो।

शादाब की सैल की-पेड पर चलती उंगलियां वहीं जम गईं।

इस बार सचमुच यह बात मायने रखती है। चिंता मत करो। मैं ख़ाली हाथ नहीं आऊंगी, तुम्हारे तोहफ़े मेरे साथ होंगे। तुम्हें तुम्हारे गिफ्ट्स मिल जाएंगे। बस एक महीने और कुछ दिनों की ही बात है।

मैं वापिस आने तक तुम्हें फेसबुक पर ब्लॉक कर रही हूं। इससे हमे काफ़ी मदद मिलेगी।

उम्मीद करती हूं, तुम समझते हो; मैं तुम्हारी, अपनी और हम दोनों की भलाई चाहती हूं। और हां, इस दौरान मैं आंटी के भी टच में रही हूं। उन्हें ज़्यादा बार फ़ोन किया करो। वह तुम्हें बहुत मिस करती हैं।

आई लव यू... आई गैस।

तुम्हारा दुखी प्रिंस।

और मैं तुम्हें यह बताना तो भूल ही गई, अर्जुन एक 'गे' है। तो उसकी गोद, समझो बहनों जैसा रिश्ता है। आई लव यू।

बाद में सामने आए कुछ असर

14 नवंबर, 2011

वह उसे कॉल करता है। हर घंटे। लगातार। वह उसे पिंग करता है। उसे मैसेज करता है, जब तक कि उसकी उंगलियां दुखने नहीं लगतीं।

शाम को वह उसे बीबीएम से भी डिलीट कर देती है।

वह रोता है, आंखों में जलन होने तक रोता है।

वह सिगरेट पीता है, खांसी छिड़ने तक सिगरेट पीता है।

उस रात वह फेसबुक पर लॉगऑन करता है और अपना रिलेशनशिप स्टेटस बदल देता है

'इट्स कांप्लीकेटेड'

6 दिसंबर, 2011

अलीशा, रीतेश, बानी और पुराने दोस्त। वे अपने-अपने स्तर पर उन्हें एक साथ लाने की कोशिश कर रहे हैं। कई बार उन्हें फ़ोन करके, कांफ्रेंस कॉल में डालते हैं। बेशक यह एक संयोग ही दिखाया जाता है।

कई बार उनसे अलग-अलग बात करते हैं।

पर आज तो उन्होंने भी हार मान ली। जो भी हो रहा है, इसमें बदलाव नहीं आने वाला। उन्हें एहसास हो गया है। शादाब के पास तो जैसे कुछ सोचने के लिए वक्त ही नहीं रहा। इंटर-कॉलेज थियेटर फेस्ट की तैयारियां ज़ोरों पर हैं। वह प्रेक्टिस में सबसे पहले पहुंचता है और सबसे आख़िर में बाहर निकलता है। वह नाटक के साथ व्यस्त दिखने की पूरी कोशिश करता है।

बस एक ही विडंबना है। कॉलेज में रोमियो-जूलियट खेला जाएगा।

यह अर्निका का फेवरेट है, पर वही इसे सराहने या कुछ कहने के लिए साथ नहीं है।

17 दिसंबर, 2010

'चीयर्स!'

शादाब अपनी बीयर की बोतल दूसरों के साथ टकराता है और एक

बड़ा घूंट भरता है। वे जीत गए हैं। दूसरी पोज़ीशन पर रहे। तेईस कॉलेजों में से दूसरे नंबर पर। प्राइज़ मनी का अच्छा इस्तेमाल किया जा रहा है। डोमीनोज़ को कॉल हो चुका है। दर्जनों बीयर कैन पहले से ही फ्रिज में लगा दी गई हैं।

रॉनी, ध्रुव, कबीर, विहान, शायशा, पूजा, शिविका, स्तुति व अंकुश। पूरा थियेटर गैंग! आस्था, अलीशा व रीतेश; उसके जीवन के कुछ और ख़ास लोग। सब आसपास हैं। हर कोई जश्न मना रहा है। हर कोई हंस रहा है। यहां तक कि शादाब भी!!!

उसमें सुधार आ रहा है। वह निर्णय काफ़ी हद तक उसके लिए सकारात्मक ही रहा।

घंटों बीतते हैं। पिज्ज़ा बॉक्स हलके हो जाते हैं। बीयर की ख़ाली बोतलें सिर धुन रही हैं। लोग जाने लगे हैं। कुछ अपने आप, कुछ चौपायों पर! कुछ वाशरूम में पाए जाते हैं और फिर बाहर तक धकेलने के बाद, दूसरों द्वारा घर ले जाए जा रहे हैं।

अलीशा और रितेश सबसे आख़िर में गए। ख़ाली और गंदे घर में शादाब और आस्था अकेले रह गए। रात के दो बजे हैं। दोनों इतने हाई हैं कि एक टूथब्रश को वाइब्रेटर समझ सकते हैं।

तीस मिनट बीत गए। तीस मिनट, जिनमें शादाब ने चुपचाप बीयर की सारी ख़ाली बोतलें कोने में लगा दीं। तीस मिनट, हालांकि आस्था को हलका नशा हो रहा था, पर फिर भी उसने सारा सामान रसोई में पहुंचा कर लिविंग रूम काफ़ी हद तक समेट दिया। तीस शांत मिनट, जिनमें शादाब को थोड़ी और चढ़ गई और अर्निका की याद आ गई।

“वाउ... क्या पार्टी थी!” आस्था रसोई से आते ही सोफे पर लुढ़क गई।

शादाब दो बीयर ले कर उसके पास आ बैठा। दोनों ने एक-एक सिप लिया, भई अपनी-अपनी बोतल से।

“कुछ सोच रहे हो?” वह उसकी आंखों में देख कर बोली।

“अर्निका।” वह अचानक बुदबुदाया।

एक दूसरा सिप लिया गया।

“हूं... क्या उसे तुम्हारी परवाह है?”

“क्या कहना चाहती हो?” वह फर्श पर बोतल रख कर उससे पूछता है।

“क्या परवाह करती है?” वह अपनी टांग आगे करती है और उसे बड़े ही प्यार से उसकी टांग से स्पर्श होने देती है।

“हां... बेशक उसे मेरी परवाह है।” वह बहस करता है।

“जितनी मैं करती हूं, उससे भी ज़्यादा।” उसकी आवाज़ धीमी होती जा रही है और भी धीमी!!

वह उसकी आंखों में झांकता है। वह उसकी आंखों में झांकती है। उसे लगता है कि उसके होशोहवास गुम होते जा रहे हैं। दिल कहीं डूब रहा है और सांस भारी होती जा रही है।

बीयर। हारमोन। अकेलापन। किसी एक या सबको दोष दे दें, आपकी मर्ज़ी है।

उनके होंठ मिले। दूसरी चीजों से अलग....

उन्होंने उस रात वह किया, जो पहले कभी नहीं किया था।

19 दिसंबर, 2010

6 p.m. (IST)

डिंगडौंग! वह उसके घर की घंटी बजाता है। छः महीने बाद। छः लंबे दर्दनाक महीने। अर्निका का वही पुराना पड़ोसी, जो हर सुबह परेशान होता था; उसे छत से देख कर एक मुस्कान देता है। शादाब बड़े धैर्य से पोर्च में इंतज़ार कर रहा है।

वह उस निशान पर हाथ फिराता है, जो उस दिन आस्था ने दिया। सच यह गिल्ट बड़ी कुत्ती चीज़ होती है।

एक एक्सीडेंट! जब अगली सुबह दोनों ने ख़ुद को एक ही बिस्तर पर, कपड़ों के बिना पाया, तो मिल कर एक ही नतीजा निकाला कि वह एक एक्सीडेंट था। उन्होंने उसे भूलने का फैसला किया, ताकि उनकी दोस्ती पर कोई असर न पड़े।

कुछ सैकंड बाद दरवाज़ा खुला।

"शादाब... कितने कमज़ोर हो गए हो!!!" उसकी मॉम ने स्वागत किया और वह उनके पांव छूने झुक गया। "बेकार की औपचारिकताएं छोड़ो और मेरे गले लगो।"

वे एक-दूसरे के गले लगते हैं। मॉम की खुशबू उसे उसकी याद दिलाती है। सच बड़ी बुरी बात है। वह उसके लिविंग रूम में जा रहा है और गिल्ट साथ-साथ चल रहा है।

क्या वह उसे बताएगा? क्या वह उसे माफ़ कर देगी? क्या वह भी इसे नशे में हुआ एक एक्सीडेंट मानेगी?... उसके दिमाग़ में लगातार यही सवाल घूम रहे हैं। बस यही सवाल...

"क्या लोगे, बेटा?" मॉम ने सवाल पूछ कर उसके सवालों का सिरा तोड़ दिया।

"नहीं आंटी... बिल्कुल फुल हूं।"

उसकी बात मायने रखती है। जब से चंडीगढ़ लौटा है, घर के बने खाने जैसा कुछ नहीं, बस दिन-रात यही रट चल रही है। विंटर ब्रेक में जी भर कर होम कुक फूड चल रहा है। अर्निका भी कल लौट रही है।

उसे तो सब बताना ही होगा। हो सकता है।

मॉम किसी काम से रसोई में जाती हैं और वह वहां अकेला रह जाता है।

आसपास चारों तरफ़ नज़र दौड़ाते ही कई भूली-बिसरी यादें सामने आ खड़ी होती हैं।

वे सीढ़ियां। अक्टूबर की एक शाम, अर्निका उसके साथ थी और मॉम के कमरे में होने के बावजूद उससे जा लिपटी थी। वहां बैठने का रोमांच। एक दूसरे से चिपट कर!! जैसे कि वह आस्था के साथ बैठा होगा। उसने झट से उस सोच को झटक दिया।

डाइनिंग टेबल। दिसंबर की एक सुबह उसे इकोनॉमिक्स पढ़ा रहा था। अरे यह तो आस्था का भी फेवरेट सब्जेक्ट है। रुक! वह ख़ुद को निर्देश देता है।

किचन। उसकी नानी के कमरे के बाहर पड़ा काउच। जहां वे दोनों

एक साथ थे, उन्होंने उसके कमरे तक जाने का भी इंतज़ार नहीं किया था और वह नानी का कमरा अपवित्र नहीं करना चाहती थी।

वो वाल पेंटिंग! दोनों ने एक साथ बनाई थी। आज भी वहां टंगी थी। एक फैमिली तस्वीर! उसने उलाहना दिया था कि उसमें वह क्यों नहीं है? सब कुछ वैसा ही तो था।

"तो... शादाब... बताओ... मैंने तुम्हारे कौन-कौन से प्ले मिस किए?"

उसकी मॉम हाथ की ट्रे में दो गिलास कोक ले आइ और उससे सवाल किया। वह उठ कर उनसे आधे रास्ते में ही ट्रे ले लेता है। वे दोनों वहां आकर बैठ जाते हैं। "नानी कहां हैं?"

"सो रही हैं। मैं उन्हें बताना ही भूल गई कि तुम आने वाले हो।"

"ओ.के. आंटी! मैं उनसे फिर मिल लूंगा।" उसने एक सिप ले कर पूछा। "तो कल मैं कितने बजे एयरपोर्ट आ जाऊं?"

मॉम के चेहरे की शांति अचानक चिंता में बदल गई

"अर्निका ने मुझे सब बता दिया है... कल उसने फ़ोन किया था।" वह आगे खिसकीं और उसके कंधे पर हाथ रख कर बोलीं, "बेटा... मैं उसकी मां हूं... मुझे पता है कि उसके मन में क्या है... वह तुम्हें सचमुच पसंद करती है पर... वह रुक कर एक ओर देखने लगीं। अर्निका ने अपने पापा को हमसे दूर जाते देखा है और उसका मानना है कि प्यार का मतलब है... ख़ुशी देना और जिस दिन से वह ख़ुशी देना बंद कर देता है तो...।"

वहां चुप्पी छाई है। गहरी खामोशी!!!

कुछ नहीं, बस थोड़ा वक्त ख़राब चल रहा है। उसने अपने आप ही बुदबुदाते हुए तसल्ली देनी चाही। आस्था के साथ जो हुआ, वह एक भूल थी और भूलें बार-बार दोहराने के लिए नहीं होतीं।

"शादाब... जब मैंने तुम दोनों के बारे में जाना, तो मुझे कभी कोई परेशानी नहीं हुई... क्योंकि मैं जानती थी कि तुम दोनों ही अपनी ज़िंदगी या पढ़ाई पर इन बातों का असर नहीं होने दोगे... पर..."

मॉम के चेहरे का रंग उतरने-सा लगा था। उसने अपने घर में भी यही लाइनें सुनी थीं। मॉम टू मॉम टॉक। खतरे की घंटी!!

वह बोलीं – "मुझे लगता है कि अभी तुम्हें अपना पूरा ध्यान अपनी पढ़ाई पर लगाना चाहिए।"

"आंटी, मैंने मॉम को पहले ही बता दिया है कि मैं क्या करना चाहता हूं और उम्मीद करता हूं कि उन्होंने आपको भी बता दिया होगा।" वह जाने के लिए उठ खड़ा हुआ। "थैंक यू... कल मैं एयरपोर्ट नहीं आऊंगा और अर्नि से कहिएगा कि मुझे एक बार फ़ोन कर लेगी।" वह बाहर की ओर गया। मेन गेट खोला और तेज़ आवाज़ के साथ बंद कर दिया।

17

और फिर वे दोनों मिले, एक–दूसरे को खोने और अपने आपको पाने के लिए...

20 दिसंबर, 2010

शाम के छः बजे

'ज़बान संभाल के।' जिसने भी यह कहावत बनाई है, बड़ी सोच-समझ कर बनाई होगी। ज़बान तो सचमुच बड़ी खतरनाक नन्ही-सी मांसपेशी है। यह चिढ़ाती है, फिसलती है, लड़खड़ाती है और वह सब कह देती है, जो इसे नहीं कहना चाहिए। शादाब यह बात अच्छी तरह जानता है, ख़ासतौर पर उसकी ज़बान ने पिछले कुछ दिनों में जो कहर ढाया है, उसके बाद तो और बेहतर जान गया है।

जब बानी ने उसे फ़ोन पर बताया था कि अर्नि की फ्लाइट आ गई है, तब से चार घंटे बीत चुके हैं। पिछले चार घंटों से वे दोनों एक ही आबोहवा में सांस ले रहे हैं। पिछले चार घंटों से वह फ़ोन से चिपका, उसका फ़ोन आने के इंतज़ार में है।

हताश शादाब के भीतर अब इतना अहं नहीं रहा, इसलिए वह स्वयं नंबर मिलाने की सोचता है। कर्मों की क्या कहें, जैसे ही उसने फ़ोन उठाया और अर्नि के फ़ोन का पहला नंबर डायल किया, तो उसका मैसेज आ गया –

'कपड़े बदलो। मुझे दस बजे लेने आना। अपने स्पांजबॉब बॉक्सर्स मत पहनना।'

ठीक दस मिनट बाद वह उसके घर के सामने इंतज़ार कर रहा है। जैसे कि पहले करता था। अपने बाल सैट करते समय अचानक उसका हाथ अपनी गर्दन पर बने उस निशान पर चला गया, दुर्घटना के उस निशान ने उसे अपराध-बोध से भर दिया।

अपने ही ख्यालों में खोए शादाब को यह भी पता नहीं चला कि कब अर्नि ने अपने घर का मेन गेट खोला और आकर कार का दरवाज़ा खोल कर खड़ी हो गई।

"शादाब!"

उसके कानों में सूरज की गुनगुनाती धूप-सी आवाज़ आते ही जैसे ख्यालों के बादल कहीं खो गए।

"अर्निका" वह मुड़ा और सांस ली। इतने महीनों के बाद वह दिन आ ही गया।

वह कार में कूदी और अगले ही पल उसके गले लग गई। कार का दरवाज़ा अपन आप ही बंद हो गया।

शादाब ने भी उसी जुनून से कान में कह,ा "बेबी! तुम्हें बहुत मिस किया। अर्नि के बालों की लटें उसके होठों से चिपक गईं। वह उसकी पीठ पर इस तरह हाथ फिराता रहा, मानो उसे पूरी तरह से महसूस कर लेना चाहता हो मैंने। तुम्हें बहुत याद किया...।" अर्नि का हाथ उसकी छाती तक रेंग गया, मानो वह छाती पर लिखा अपना नाम फिर से महसूस करना चाहती हो। शादाब ने उसकी गर्दन चूमी और उसकी शरीर से आती महक लेने लगा। अर्नि ने भी ऐसा ही किया।

जैसे कि वे पहले करते थे।

शादाब के होंठ जैसे अर्नि के होठों को ही खोज रहे थे और जैसे ही वे दोनों पास आने लगे, वे बीच में ही रुक गए।

"शादाब... नहीं रुक जाओ!" अर्नि ने उसकी शर्ट से हाथ निकाला, गलबांही से बाहर आ कर सीट पर पीछे हो कर बैठ गई

शादाब ने उसे गहराई से देखा। बहुत ही सावधानी से। थोड़ी उलझन

के साथ। वह दिसंबर की ढलती शाम में उसके चेहरे के भाव पढ़ना चाह रहा था।

यह वही है। यह वही नहीं है। अलग आंखें। लाल स्ट्रीक्स। छिदी हुई नाक। ऐसी गंध, जो शादाब ने पहले कभी महसूस नहीं की।

"चलो कार चलाओ... हमें बात करनी होगी।" वह उसे देखे बिना ही बुदबुदाई। शादाब ने अगले ही पल कार को गति देते हुए आगे बढ़ा दिया।

जब तक वे शहर के बाहरी हिस्से में नहीं पहुंचे (जहां वे पहले अक्सर एकांत में जाते थे) तब तक दोनों के बीच चुप्पी छाई रही।

पहले देखा गया कि कहीं आसपास पुलिस तो नहीं और फिर उसने कार रोक दी।

अर्निका ने डूबते सूरज की ओर देखा और शादाब को देखे बिना ही बोली। "कैसे रहे?" वह बड़े ही असहज भाव से मुस्कुराया।

"उतना ही खुश जितना कि तुम्हारे वो... क्या था? ... कूल ऑफ तय करने से पहले... उतना ही खुश, जितना कि तब था, जब तुमने मुझे न चूमने का फैसला लिया... वह भी इतने महीनों के बाद।"

अर्नि ने शादाब का हाथ अपने हाथों में लिया और मुट्ठियां भींच लीं।

"शादाब... मेरी तरफ़ देखो।" शादाब ने वही किया, जो उसे कहा गया था।

"याद है न, हमारी पहली मुलाक़ात कहां हुई थी? प्रिंसी के कमरे में।" अर्नि ने गला खंखारा और उसकी नकल उतारनी चाही। "सर यह एमपीथ्री प्लेयर नहीं एक आईपॉड है"। वे दोनों ही इस पर मुस्कुरा दिए "... और फिर हमारी पहली कॉफी... वह कहां थी?"

"ब्रिक बेकर्स..." वह बुदबुदाया।

"हां... वह उसके कंधे पर झुक आईं ब्रिक बेकर्स... गॉड... वह कोल्ड कॉफी तो बड़ी आर्गेज़्मिक थी... तुमने मुझे उन लड़कों से बचाया... उस रात तुम अपने बॉक्सर्स में मुझसे मिलने आए... वाउ!!"

वे दोनों फिर से हंसने लगे।

“और फिर हमारी पहली डिनर डेट।” वह बोला।

“वह वेटर क्यूट था या फिर?” वह बोली और शादाब ने हंस कर उसका हाथ दबा दिया।

“और फिर हमारी पहली किस।” वह बुदबुदाई।

“कइयों में से पहली!”

“फिर हमने जो लिस्ट बनाई थी।” अर्नि बोली।

“शॉपिंग का मज़ा... ‘ए वॉक टू रिमेंबर’... मैन डिड आई सैक्रीफाइज़??” शादाब ने खीसें निपोरीं।

“सिगरेट की बदबू... जब तुम ब्रश करने की भी ज़रूरत नहीं समझते थे।” अर्नि बोलती रही।

“लड़ाइयां... जब तुम परे हो जाती थीं... दिल में दर्द... हाथों में दर्द...।” वह बोला।

अब अर्नि उठी, उसका हाथ छोड़ दिया और उसकी तरफ़ मुड़ी।

“वे फाइट्स।” शादाब बोला

“अर्निका... किस रिलेशनशिप में मुश्किलें नहीं आतीं?... ऐसा कौन-सा जोड़ा होगा, जो आपस में नहीं लड़ता?”

“अच्छा, उतनी ही छोटी बातों पर, जैसे कि हम लड़ते आए हैं।”

शादाब के पास कोई जवाब नहीं था। वह बोली “... शादाब! पिछले एक साल में मैंने अपनी ज़िंदगी के एक-एक पल को जीया है और प्यार किया है... तुम मेरे लिए सिर्फ़ ब्वायफ्रेंड नहीं, एक ऐसे दोस्त थे, जिसके साथ मैं कभी भी, कुछ भी और कहीं भी शेयर कर सकती थी और पिछले एक माह में मैंने उस दोस्त को बहुत मिस किया है।”

शादाब परेशान था कि अर्नि कहना क्या चाह रही थी “यक़ीन करो... ये मुश्किल था और जब मैं कहती हूं कि मुश्किल तो यह उतना ही मुश्किल था मानो... न्यूयार्क में कोई कुआंरी लड़की खोजना” अर्नि यह बोल कर हंस दी और शादाब के चेहरे पर बेचैनी की रेखाएं खिंचती चली गई।

अर्नि ने उसके गाल खींचे। समझ सकती हूं कि यह तो तुम्हारे लिए भी आसान नहीं रहा होगा। “क्या??? ऐसा लग रहा है कि तुम बड़े ही बुरे ब्वायफ्रेंड रहे हो?”

"अर्निका मैं... मैं।" शादाब ने कहना चाहा।

"नहीं, पहले मुझे अपनी बात कहने दो।" अर्नि ने गला साफ़ किया और बोली "मुझे पता है कि तुमने मेरे लिए कितने बलिदान दिए हैं... तुम हमेशा मेरे लिए ईमानदार रहे और तभी मैं तुम्हें इतना प्यार करती हूं और मान भी देती हूं... तुम एक अमेज़िंग लड़के हो। अगर बेस्ट ब्वायफ्रेंड न भी कहें, तो भी तुम एक बेस्ट फ्रेंड रहे हो, जो कि मेरे लिए कोई और हो ही नहीं सकता था, आई लव यू!" अर्नि ने झट से उसके गाल पर हलका चुंबन जड़ दिया।

"पर प्रिंसेज़!..." फिर उसका हाथ अपने हाथ में लेकर बोली।

"पिछले एक माह में... मुझे कुछ और दूसरी बातों का भी एहसास हुआ है... ये रिलेशनशिप ख़ास है पर..." फिर एक लंबा अंतराल छा गया।

"मुझे नहीं लगता कि ज़िंदगी के इस दौर में हम दोनों एक-दूसरे के लिए वचनबद्ध रह सकते हैं... तुम हमेशा से मेरे एक नज़दीकी दोस्त थे और रहोगे... एक ऐसा दोस्त जिसे मैं सारी ज़िंदगी चाहती रहूंगी... पर अभी के लिए मुझे लगता है कि हमें..."

शादाब ने उसका हाथ ज़ोर से दबाया। वह जानता था कि अर्नि क्या कहना चाहती है, पर वह नहीं चाहता था कि यह ब्रेकअप शब्द उसे अर्नि के मुंह से सुनना पड़े।

हाथ तेजी से अलग हो गए। आंखें विपरीत दिशाओं में चली गई। ब्रेकअप न तो इतने आसान होते हैं और न ही कोई मज़ाक़! हालांकि यहां न तो कोई आंसुओं की बरसात हुई, न कोई चीख-चिल्लाहट हुई, न गालियों की आंधी चली और न ही सवालों की बौछारें की गईं। बस, शादाब ने कार चालू की और मोड़ ली।

जब वह उसे उसके घर छोड़ने जा रहा था, तो चोरी-छिपे कनखियों से एक-दूसरे को देखने के सिवाय कुछ नहीं हुआ। उसने घर के दरवाज़े के आगे कार ला खड़ी की।

अर्निका ने कार का दरवाज़ा खोलने से पहले एक बार उसकी तरफ़ देखा। वह बिल्कुल भावरहित हो कर आगे की ओर देख रहा था।

"बाय!" कहते ही अर्नि के गाल पर एक आंसू ढलक गया। शादाब की आंखें जलने लगीं और इसका असर उसकी आवाज़ में भी दिखा।

जैसे ही अर्नि का हाथ दरवाज़े के हैंडल की तरफ़ गया, तो शादाब बोल उठा। "क्यों?????"

"शादाब! जवाब तुम्हारे ही पास है।"

"क्यों?" उसने फिर से सवाल किया।

"तुम... तुम... तुम जानते हो क्यों?"

वह अचानक ज्वालामुखी की तरह फटा। "मैं कुछ नहीं जानता"

"क्योंकि यह प्यार नहीं... काफ़ी हद तक उसकी तरह था।" अर्नि ने उतनी ही कोमलता से जवाब दिया और कार का दरवाज़ा खोल कर नीचे उतर गई

"अर्निका रुको! प्लीज़ मत जाओ।" शादाब ने सुर को भरसक मीठा बनाना चाहा।

वह पीछे मुड़ी।

"बाय शादाब!" और फिर अपने घर की ओर चल दी। पीछे मुड़ कर भी नहीं देखा। यहां तक कि एक बार भी नहीं।

और शादाब ने उसे आख़िरी बार तभी देखा था।

उपसंहार

और इस तरह यह सब समाप्त हो गया या यह होता है?

1 अगस्त 2011

दिन बीते। हफ्तों में बदले। महीनों में बदल गए। शादाब का कॉलेज में दूसरा साल शुरू हो गया। अर्निका से ब्रेकअप के सात महीने बाद वह वहीं आ गया है, जहां से चला था यानी कि जो पहले था। एक खिलाड़ी।

और फिर उस रात जब एक लड़की के अपार्टमेंट से लौट रहा था, तो उसे फेसबुक एकाउंट में एक मैसेज मिला।

अर्निका की ओर से

एक ऐसा इंसान, जो अब उसकी फ्रेंड लिस्ट में नहीं है।

ऐ हाय!!

शादाब, मुझे पता है कि उस दिन तेरे और आस्था के बीच क्या हुआ, उसने ख़ुद ही मुझे मैसेज करके बताया था... मैं उसकी बात का यक़ीन न करती... अगर उस दिन तुम्हारी गर्दन पर वह निशान न देखा होता। उस शाम... मेरा यक़ीन करो, इट्स ओ.के... इसमें तुम्हारी कोई ग़लती नहीं है। हम दोनों जानते थे कि यह सब होना इतना आसान नहीं था।

मैंने इसलिए यह रिलेशनशिप ख़त्म नहीं की थी कि तुमने मुझे धोखा दिया। मैंने इसे इसलिए ख़त्म किया, क्योंकि मैं ख़ुद तुम्हारे बारे में अपनी भावनाओं के लिए पूरी तरह से निश्चित नहीं हो पा रही थी। तुमने ऐसे

वक्त में भी मेरा साथ दिया जब मैं ख़ुद को गिराना चाहती थी और उन्हीं पलों की कद्र करते हुए, मैं तुम्हें धोखा नहीं देना चाहती थी कि तुम्हारे बारे में अपनी उलझी हुई सोच के लिए ईमानदारी न बरतूं।

तुम भी सोच रहे होंगे कि आख़िर आज इतने महीनों बाद मैंने तुम्हें मैसेज क्यों किया?

वैल प्रिंसेज़, मैं तुम्हारी दोस्ती वापिस चाहती हूं। अब जबकि मेरे जीवन में दक्ष आ गया है। हां, मैं फिर से एक रिलेशनशिप में हूं और आज जब हम अपनी पिछली ज़िंदगियों के बारे में बात कर रहे थे, तो मैंने उसे तुम्हारे बारे में पूरे विस्तार से बताया और उसी ने मुझे समझाया कि मुझे तुम्हें मैसेज करना चाहिए। इसलिए मैं आज तुम्हें मैसेज कर रही हूं।

तुम्हारे पास मेरा नंबर है। अलीशा ने मुझे बताया... तुमने जो किया, मैंने उसके लिए तुम्हें माफ़ कर दिया। अब तुम्हारी बारी है।

प्रिंसेज़।

यह सब ख़त्म हो गया। इसके लिए उदास मत हो। इस बात के लिए खुश हो कि यह कितना लंबा चला।

आई लव यू!

तुम्हारा कभी किसी जमाने का 'हंपिंग प्रिंस'।

अर्निका!!!!!

•••